講談社文庫

参勤

百万石の留守居役（八）

上田秀人

講談社

目次——参勤　百万石の留守居役（八）

金沢・江戸間の街道図

地図作成／ジェイ・マップ

〔留守居役《るすいやく》〕
主君の留守中に諸事を采配《さいはい》する役目。人脈をもつ世慣れた家臣がつとめることが多い。参勤交代が始まって以降は、幕府や他藩との交渉が主な役割に。外様《とざま》の藩にとっては、幕府の意向をいち早く察知し、外様潰《つぶ》しの施策から藩を守る役割が何より大切となる。

〔加賀《かが》藩士〕

藩主
前田綱紀《まえだつなのり》

人持《ひとも》ち組頭《くみがしら》七家（元禄《げんろく》以降に加賀八家）
本多安房政長《ほんだあわまさなが》（五万石）筆頭家老
長《ちょう》　尚連《ひさつら》（三万三千石）国人出身
横山玄位《よこやまはるたか》（二万七千石）江戸家老
前田孝貞《たかさだ》（二万一千石）
奥村時成《おくむらときなり》（一万四千石）奥村本家
奥村庸礼《やすひろ》（一万二千四百五十石）奥村分家
前田備後《びんご》直作《なおなり》（一万二千石）

―人持ち組―平士
瀬能数馬《せのうかずま》（一千石）ほか

平士並《なみ》―与力（お目見え以下）―御徒《おかち》など―足軽など

〔第八巻『参勤』――おもな登場人物〕

瀬能数馬《せのうかずま》　祖父が元旗本の若き加賀《かが》藩士。城下で襲われた重臣前田直作《まえだなおなり》を救い、筆頭家老本多《ほんだ》家の娘琴《こと》と婚約。直作の江戸行きに同行し、留守居役《るすいやく》を命ぜられる。

本多安房政長《あわまさなが》　五万石の加賀藩筆頭宿老《しゅくろう》。家康《いえやす》の謀臣《ぼうしん》本多正信《まさのぶ》が先祖。「堂々たる隠密《おんみつ》」。

琴　本多政長の娘。出戻りだが、五万石の姫君。数馬を気に入り婚約する。

佐奈《さな》　琴の侍女。江戸の数馬の世話をする。妾宅《しょうたく》の必要に迫られた数馬の妾に。

石動庫之介《いするぎくらのすけ》　瀬能家の家士。大太刀の遣《つか》い手《て》で、数馬の剣の稽古《けいこ》相手。介者《かいしゃ》剣術。

六郷大和《ろくごうやまと》　加賀藩江戸留守居役筆頭。

五木参左衛門《いつきさんざえもん》　加賀藩江戸留守居役。数馬の教育係。吉原《よしわら》三浦《みうら》屋《や》の格子《こうし》女郎《じょろう》廉《れん》が馴染《なじ》み。

篠田角有無斎《しのだかゆむさい》　先代の加賀藩留守居役筆頭。隠居していたが、数馬の指南役を頼まれる。

小沢兵衛《おざわひょうえ》　元加賀藩留守居役。秘事を漏《も》らし逃走し、老中堀田《ほった》家留守居役に転じる。

武田法玄《たけだほうげん》　破戒坊主。小沢の妾宅の世話をした。数馬をつけ狙う無頼たちの頭目。

山本伊助《やまもといすけ》　新武田二十四将を名乗る無頼たちの軍師役。

前田備後《びんご》直作　加賀藩の重臣、人持《ひとも》ち組頭《くみがしら》の一人。数馬の護衛で江戸に急行した。

鳥居左京亮忠則《とりいさきょうのすけただのり》　高遠《たかとお》藩主。綱紀の継室に、娘の瀧《たき》姫を押し込むことを目論《もくろ》む。

前田綱紀　加賀藩五代当主。利家《としいえ》の再来との期待も高い。二代将軍秀忠《ひでただ》の曾孫《そうそん》。

堀田備中守正俊《びっちゅうのかみまさとし》　老中。次期将軍として綱吉擁立《つなよしようりつ》に動き、一気に幕政の実権を握る。

徳川《とくがわ》綱吉　四代将軍家綱《いえつな》の弟。傍系ながら、五代将軍の座につく。

参勤

百万石の留守居役（八）

第一章　江戸と国元

一

参勤交代は出るほうも大忙しだが、受ける側も大変であった。

「七日後に江戸を出られるよし、足軽継《あしがるつぎ》にて報《しら》せあり」

金沢城本丸御殿、御用部屋に使い番が駆けこんできた。

「本多《ほんだ》どの」

「うむ」

まだ二十歳《はたち》になったばかりの人持《ひとも》ち組頭《くみがしら》七家次席長尚連《ちょうひさつら》が、本多安房《あわ》政長《まさなが》を見た。

「ご一同、殿のご帰国が近づいた。ついては例のごとく、国境《くにざかい》まで出迎える者を誰にするかを決めたいと思う」

加賀《かが》では藩主の帰国を万石以上の禄《ろく》を与えられている七家の内、江戸定府の横山玄《よこやまはる》位《たか》を除いた本多政長、長尚連、前田孝貞《まえだたかさだ》、奥村時成《おくむらときなり》、奥村庸礼《やすひろ》、前田直作《なおなり》の六人のうち、一人が藩境である境宿《さかいしゅく》まで出迎える慣習であった。

もっとも普段の出府ならば行列の供家老として一人は江戸に在しており、ここには五人しかいないのだが、今回は将軍継嗣《けいし》騒動の影響を受け、六人とも国元にいた。

「本多どのは、いかがなさる」

姻族《いんぞく》で、政敵でもある前田孝貞が問うた。

「娘婿《むすめむこ》どのが供してくるのであろう。会いたいのではござらぬか」

前田孝貞が勧めた。

「まだ瀬能《せのう》とは、婚姻《こんいん》を約しただけじゃ。娘婿ではないわ。それに大切な殿のお迎えである。私情を持ちこむわけには参らぬ」

本多政長が首を横に振った。

「では、お出でにならぬと」

「ああ。拙者《せっしゃ》は辞退しよう」

確認する前田孝貞に本多政長がうなずいた。

「そういうおぬしはどうなのだ」

本多政長が逆に訊《き》いた。

「最近、少々病がちでござってな。境宿まで出向くのはいささか」

体調を理由に前田孝貞が拒んだ。

「長どの、そろそろ貴殿も経験されてはどうだ」

前田孝貞が若い長尚連へ振った。

「とんでもございませぬ。わたくしがご一同を代表して殿のお出迎えなど、まだまだ未熟でございますれば」

大きく手を振って長尚連が嫌がった。

「まだわだかまりをお持ちか、殿に」

本多政長が長尚連に尋ねた。

「そのようなことはございませぬ」

あわてて長尚連が否定した。

長家は、加賀前田家にとって格別な家柄であった。

もともと長氏は能登《のと》の国主畠山《はたけやま》氏の重臣であった。畠山氏が上杉謙信《うえすぎけんしん》によって滅ぼされた後、織田信長《おだのぶなが》に仕え鹿島《かしま》半郡を与えられた。織田に属した長家は、前田家の与力として配され、本能寺《ほんのうじ》の変を経て前田利家《としいえ》の家臣になった。

ここにややこしい事象が起きた。長家の所領は織田信長によって認められたものである。いかに家臣になったとはいえ、前田利家にそれを取りあげることはできなかった。

家臣を己《おのれ》の所領から割《さ》いた禄で抱えている前田家のなかで、長家だけは独立した領地を持つ格別な家柄となった。

戦国から幕初はまだよかった。そんなことを気にしている余裕などなかったからだ。

しかし、泰平が続き、領地の政《まつりごと》をすすめるうえで、藩主の力が及ばない土地があるのはいろいろと支障をきたす。かといって前田家にとって主《あるじ》ともいうべき信長の与えたものに手出しをするのは難しい。

前田家にとって、長家は頭の痛いものであった。

寛文《かんぶん》五年（一六六五）、その長家で騒動が起こった。

加賀前田家における外様大名のような長家は、領地と金沢に屋敷を持ち、家臣も在地と金沢の二つに分かれていた。

その分かれた家臣団に不和が起こった。長家金沢家臣団の代表加藤采女《かとううねめ》と在地の家老浦野《うらの》孫右衛門《まごえもん》が長家の主導権を巡って争った。

「浦野は在所に隠し田を持ち、年貢を私《わたくし》している」

証拠があったのか、単なる讒訴《ざんそ》だったのか、加藤采女がときの当主長連頼《つらより》に訴え出た。

「検地をおこなえば、不正があったかどうかはわかる」

長連頼は、身近に仕える加藤采女の肩を持った。

「検地をするなど、わたくしをお疑いか」

浦野孫右衛門は、当主嫡男元連《ちゃくなんもとつら》を頼って、検地を止めてくれるようと願った。

「いや、疑いを残したままで終わるのはよろしくない。白黒をはっきりとつけ、まちがいがあれば正さねばならぬ」

当主として妥当な判断をした長連頼は、収穫を待って検地を強行した。

「わたくしを信じておられぬのだな。ならば」

これに浦野孫右衛門が反発、百姓を扇動して一揆《いっき》を起こさせた。戦国最後の戦い大坂夏の陣から五十年、まだ武士には気概があった。主君といえども無道には一戦をも辞せずの風潮が残っていた。

「このままでは能登に一揆が拡がる。とても儂《わし》一人でどうこうできる状況ではない」

従順に見えるが、百姓は皆不満を抱いている。たにかきっかけがあれば、爆発する。

長連頼は、あっさりと対応を加賀藩に預けた。

「好機」

藩主前田綱紀は長家に手を入れるときだと藩をあげて介入し、浦野孫右衛門らを捕縛《ほばく》、本人を切腹させ、一族の男子は幼児といえども許さず死罪に処した。

「家を継ぐにふさわしからず」

さらに綱紀は、浦野に付いた嫡男長元連を剃髪《ていはつ》、蟄居《ちつきよ》させ、継承権を取りあげた。その結果、元連の子供尚連が、祖父長連頼の嫡孫《ちやくそん》となり家を継いだ。

「家督《かとく》は許すが、鹿島半郡は取りあげる」

このときとばかりに綱紀は長家の領地を取りあげ、代わって藩から米を直接支給する、他の藩士たちと同様の形に変えた。

石高は同じだけもらえても、自前と藩から与えられた領地とでは大きな差があった。藩からの領地では、なにをするにも許可が要《い》る。百姓も藩の所属であり、長家の思うようには賦役《ふえき》とかで駆りだせなくなる。新しい税を設けたり、年貢の割合を変更することもできない。

石高は変わらずとも、もろもろを考えれば実質の減収であった。

また、自領を持つという特権をなくした結果、長家は加賀藩客分から、本多家の次席におろされた。

この罰をわずか十歳で家督を継いだばかりの長尚連が受けたのだ。綱紀に対し、萎縮するのも無理はなかった。

「…………」

顔色をなくした長尚連を本多政長は難しい顔で見た。

「ならば、奥村どの、どちらかお一人」

前田孝貞が、顔を長尚連から移した。

「さようでござるな……」

本家の奥村時成が、分家の奥村庸礼へ問うような目を向けた。

「他に御仁がなければ……」

「やむを得ぬというならば」

やはり引き受けようではなく、なんとかして避けたいといった雰囲気を奥村の二家が醸《かも》し出した。

「…………」

本多政長が、末席にいる前田直作に目配せをした。

「……そのお役、拙者が承《うけたまわ》ろう」

目配せに気づいた前田直作が手を上げた。

「お、おう」

引き受けると言いかけていた奥村庸礼が、口ごもった。

「……おぬしが行くと」

前田孝貞がわずかに頰《ほお》を引きつらせた。同じ前田の分家でありながら、孝貞と直作は本家に対する考えが違いすぎ、仇敵《きゅうてき》に等しい関係にあった。

「よろしいのか、本多どの。先日も江戸まで出たばかりで……」

確認の振りをした反対の意を口にしかけた前田孝貞を無視して、本多政長が一同に声をかけた。

「名乗り出てくれたのだ。それを拒む理由はない。ご一同、よろしゅうござるな。ご異論あれば伺《うかが》おう」

本多政長が一同へ尋ねた。

「ございませぬ」

厄《やく》はさっさと他人に押しつけたいとばかりに、長尚連が最初に賛同した。

「拙者も」

「わたくしもございませぬ」

奥村の本家、分家も同意した。

境宿までの旅費は、自前なのだ。万石の家老職ともなれば百人近い行列を仕立てることになる。その費用は馬鹿にできなかった。

「貴殿は……」

本多政長が前田孝貞に返事を促した。

「もちろん、結構でござる」

己は行かないと宣言した以上、文句をつけることはできない。なにより六人中四人まで認めている。一人反対してはなにか意図でもあるのかと勘ぐられかねなかった。

前田孝貞も認めた。

「では、前田備後《びんご》どのにお任せしよう」

加賀には前田が多い。その区別をするため、通称があり、前田直作は備後、前田孝貞は対馬《つしま》と呼ばれていた。

「無事にお迎えをして参りまする」

本多政長の決定に、前田直作が頭《こうべ》を垂れた。

「あとは、お館とお城の補修、清掃などだが、これは普請奉行に一任させてよろしいな」

残りの議案を本多政長はさっさと片付けた。

「では、本日はこれで散会といたそう。ご一同、ご苦労でござった」

執政衆の集まりを本多政長が解いた。

「お先に」

「お疲れでござった」

やはり長尚連が真っ先に立ち、奥村両家が続いた。

「わたくしもこれで」

前田直作が辞去しようとした。

「ああ、備後どの」

本多政長が前田直作を制した。

「なんでござろう」

目上との会話を立ったままするのは無礼である。前田直作が座り直した。

「あとで屋敷にお寄りくださらぬか。婿に娘から渡したいものがござるゆえ」

「…………」

先ほど数馬を婿ではないと言っておきながら、今度はそう呼んでいる。本多政長の変化に前田孝貞があきれた顔をした。

「さきほどは公務でござった。今は、私事」

本多政長が、前田孝貞に言いわけをした。

「いや、公私の区別をはっきりとなさる。さすがは筆頭宿老どの」

感情の籠《こ》もらない声で、前田孝貞が褒《ほ》めた。

「ああ、それだけじゃ。備後どの、夕餉《ゆうげ》を馳走《ちそう》するゆえ、七つ（午後四時ごろ）にご来駕《らいが》いただきたい」

「それはありがたし。喜んでご相伴《しようばん》いたしまする。では、後ほど」

打ち合わせを終えた前田直作が、もう一度一礼して去って行った。

「対馬どの」

本多政長が前田孝貞を通称で呼んだ。

「なにかの筆頭どの」

「あの話、少しは知れたか」

低い声で本多政長が訊いた。

つい先日、墓参に出た本多政長の娘琴《こと》が、正体不明の武士にさらわれそうになった。供として付いていた軒猿《のきざる》と呼ばれる忍《しのび》の防戦でこれは阻止できたが、屋敷まで帰ってきた琴姫が弓で射られた。その矢を放ったのが、前田孝貞の娘が本多政長の息子に嫁いできたときに付いてきた家臣であった。

そのことを本多政長は前田孝貞に告げ、裏を探るようにと依頼していた。

「調べてはおりますが、未《いま》だ」

前田孝貞が首を横に振った。

「あまり長引くようでは、我が家中から不信がでる」

当主の娘が襲われたのだ。家臣たちの憤《いきどお》りは強い。

「儂も辛抱強いほうではない」

「…………」

本多政長に睨《にら》まれた前田孝貞が黙った。

「殿がお帰りになるまでに、少しはお聞かせいただきたいものだ。でなくば、殿にお話しすることになる」

「……それは」

前田孝貞が息を呑《の》んだ。

「備後どのと本多琴。二度も刃傷沙汰《にんじょうざた》を起こしたとあれば、前田の本家といえども無事ではすまぬぞ」

本多政長が脅《おど》した。

「ま、待って欲しい。かならずや背後にひそみし者を突き止め、当家が誅伐《ちゅうばつ》をいたすゆえ」

大いに前田孝貞が慌《あわ》てた。

前田孝貞の先祖は、前田利家の本家筋にあたる。乱世の習いで、傑出した人物が出なかった前田孝貞の先祖は落魄《らくはく》、大名となっていた前田利家を頼って金沢まで来た。

「本家である」

さしたる功績もなく二万一千石という大禄を与えられた前田孝貞家は、驕慢《きょうまん》になった。

そこに二代将軍秀忠《ひでただ》の曾孫《そうそん》にあたる綱紀を四代将軍家綱《いえつな》の跡継ぎにという話が大老だった酒井《さかい》雅楽頭《うたのかみ》忠清《ただきよ》から持ちこまれた。

「綱紀がいなくなれば、加賀は我がものになる」

跡継ぎのいない綱紀が将軍になれば、藩主の座は本家たる己に来る、そう考えた前田孝貞は、江戸へ召喚されたやはり一門で藩主候補となりえる前田直作を亡き者にしようとして家臣を刺客に送り出した。幸い、警固《けいご》としてついた本多政長の娘琴の婿に選ばれた瀬能《せのう》数馬《かずま》の活躍で、前田直作は無事に江戸へ着いた。

当然、これは藩主綱紀の知るところとなったが、将軍継嗣《けいし》という前田家を潰《つぶ》す罠《わな》のしかけられている最中に家中の騒動など表沙汰にはできず、前田孝貞にはいっさいの咎《とが》めがなされていなかった。

「殿を甘く見るな。あのお方が今このときにおられたからこそ、加賀は無事なのだ。余人ならば、酒井雅楽頭によって、前田家は加賀一国に減じられているか、潰されている。未だにお世継ぎがおられぬのも、あのお方の策だろう」

本多政長がすべてを綱紀に見透かされていると忠告した。

「……継嗣なしは改易と決まっているというのにか」

前田孝貞が筆頭宿老への口調を忘れた。

「証拠はないがな。帰ってきた琴を召し出されなかった。儂はそのときからそう思っている」

本多政長の娘琴は、一度紀州徳川《きしゆうとくがわ》家の重職の嫡男へ嫁いだが、不縁となって戻って来た。その美貌、金沢一とうたわれた琴が出戻った。初婚とあれば、藩主の正室には格不足だが、綱紀も妻を亡くしての再縁である。綱紀が琴を正室とまでいかずとも、国御前《くにごぜん》として召し出したとしてもなんの不思議もなかった。

「まさか……」

「ああ。一度、琴を殿の御前へ出したことがある。数年前のことだ」

本多政長がうなずいた。

「後日、殿より言われたわ。琴は欲しいが、本多の血はまずいとな」

加賀の本多の出自は徳川家康《いえやす》の謀臣本多佐渡守正信《さどのかみまさのぶ》の次男政重《まさしげ》である。関ヶ原《せきはら》の合戦を画策し、大坂の陣で豊臣《とよとみ》を滅ぼす案を立てた張本人だと噂《うわさ》される本多正信の次男が、外様最大の前田家に仕える。ここになにかしらの意図を感じている者は多い。その本多の娘と藩主の間に生まれた子が跡継ぎとなるとなれば、不安を持つ者は加賀だけでなく幕府にも出る。

「ごくっ……」

前田孝貞が音を立てて唾《つば》を吞んだ。

「さて、夕餉の仕度《したく》をさせねばならぬ。期待しているぞ、対馬どの」

話はこれまで、と本多政長が腰をあげた。

二

刻限通りに前田直作が本多政長の屋敷にやって来た。

「ようこそのおいでございまする」

本多家の用人が玄関土間で膝《ひざ》をついて迎えた。

「うむ」

駕籠《かご》から出た前田直作がうなずいた。

「どうぞ、こちらへ」

立ちあがった用人の案内で、前田直作が客間へと通された。

「すぐに主《あるじ》が参りまする」

用人が去った。

「相変わらず、見事な眺めだ」

前田直作が庭を見て感嘆の声をあげた。

本多家は金沢城本丸の南、森に抱えこまれるようにしてあった。その森を本多家は客間からの借景としていた。

「手入れさえしておらぬがな」

笑いながら本多政長が客間に入ってきた。

「昨今はやりのいじくり倒した庭はどうも、合いませぬ」

前田直作が振り向いた。

「本日はお招きをありがとう存じまする」

「ご足労いただき、恐縮」

客と主人として二人が挨拶《あいさつ》をかわした。

「少し早いが、夕餉にしよう。話はその後に」

「いただきましょう」

本多政長が手を叩《たた》くと、若侍が膳の用意をした。

「年寄りの相伴じゃ。物足りぬであろうが、辛抱してくれ」

白身魚の焼いたもの、菜のおひたし、こんにゃくの煮物などのおかずを本多政長は好んだ。

「いえ。すべて心が行き届いております。これ以上の馳走はございませぬ」

どの料理もていねいな処理がされていた。前田直作はしっかりとそれに気づいていた。

「……馳走でございました」

飯を三度お代わりして、前田直作が箸《はし》を置いた。

「お気に召したようでなによりでござった」

すでに食事を終えていた本多政長が、前田直作の健啖《けんたん》さに微笑《ほほえ》んだ。

「さて、悪いが席を替えさせてもらおう。茶室へお願いする」

「はい」

客間から二人は、庭に設けられた茶室へと移った。

「おいでなさいませ」

「琴どの」

茶室に入った前田直作は、琴が待っていたことに驚いた。

「娘も同席させる」

「それで茶室に」

客の接待に女はでない。ただし、茶会は別になる。茶室は世俗を離れた場所として身分上下なしとの決まりである。女が客に茶を点《た》てても問題にはならなかった。

「さて、備後どのよ。今度の殿のご帰国、無事にすむとお考えか」

「無事ですまぬと言われるか」

訊いた本多政長に、前田直作が問い返した。

「殿は上様を敵にした」

「……将軍が手出しをなさると」

前田直作が表情を厳しいものにした。

「五代将軍の座を争った殿を上様は決して許されまい」

酒井雅楽頭と四代将軍家綱が仕掛けた徳川宗家と将軍分離の策を見抜いた綱紀は、五代将軍の座を蹴った。その裏を五代将軍になった綱吉は知らない。綱吉にしてみれば、すんなり吾《わ》が手に入るはずだった将軍職を、横からかっさらおうとして失敗した敵でしかないのだ。

「将軍が殿に刺客を向けてくると」

「それはなさるまい。上様は儒学を盲信しておられるからな。卑怯《ひきょう》な手立ては将軍の名前に傷が付くと嫌われよう」

前田直作の危惧《きぐ》を本多政長は否定した。

「では、どうやって」

「己が手を汚さねばよい」

尋ねた前田直作に本多政長が告げた。

「誰かをそそのかす……」

前田直作が気づいた。

「一体誰を」

「琴、一服所望《しょもう》じゃ」

それに答えず、本多政長が娘に茶を点てろと命じた。

「はい」

茶釜近くに座していた琴が、見事な所作で茶を点てた。

「備後どのにもな」

先に主人が茶を喫するのは作法に反している。だが、それを咎める者はここにいなかった。

「どうぞ」

続けて琴が別の茶碗で茶を点てた。

「いただきましょう」

はぐらかされているとわかりながらも前田直作は、文句を言わず茶を含んだ。

「お見事なお点前でござる」

前田直作が作法に則《のっと》った礼をした。

「落ち着かれたようだな」

本多政長が前田直作を見た。

「それほどのことでございまするので」

わざと一服おいたのは、そのためかと前田直作が緊張した。

「先日、琴が城下でさらわれそうになった」

「なっ……琴どのを。そのような愚か者が、金沢におるなど……」

聞かされた前田直作が驚愕《きょうがく》して琴を見た。

筆頭宿老の本多政長は五万石の大身である。加賀藩において図抜けた兵力を持ち、藩主綱紀の信頼も厚い。

金沢で本多政長に睨まれて無事にすむ者はいなかった。

藩主一門の前田直作でも本多政長と争って勝てはしない。

「…………」

それに本多政長は答えなかった。

「……家中ではない」

無言の意味に前田直作が気づいた。

「幸い、襲撃した一人を生かして捕らえることができての。尋問したところ」

本多政長が前田直作の目を見た。

「富山のものと判明した」

「そ、それは……」

前田直作が震えた。

「琴を人質に儂を押さえ、参勤で越中《えっちゅう》に入った殿を討ち、富山が加賀を併合する計画だったらしい」

「富山は分家。分家が本家を乗っ取るなど……」

訊きだしたことを告げた本多政長に、信じられないと前田直作は首を横に振った。

「普通ならば無理だな。本家がなくなれば分家も消える。分家の領地は本家から分けられたもので、幕府から賜《たまわ》ったものではない。幕府からしてみれば、分家は本家の枝。幹が倒れれば、枝も一緒に折れる」

本家が罪を得て取り潰されたときは、分家も改易になる。もちろん、新たに分家を取り立てて独立した大名とするときもあるが、基本はそれまでである。

「もし、富山に幕府からの誘いがあったなら」

「…………」

前田直作は本多政長の推測を否定できなかった。

「そうでもなければ、琴に手出しなぞできまい。しくじれば、儂を敵にすることになる。本家の筆頭宿老を怒らせて、分家が無事ですむはずはない」

本多政長が告げた。

「報復をなさると……」

「せぬ。儂が報復をしてみろ。待っていたとばかりに、幕府が介入してくる。本多は幕府に見張られている」

問うた前田直作に本多政長が否定した。

「なにもしないと」

「すでに思い知らせてはある」

「お伺いしても」

内容を訊いていいかと前田直作が本多政長を見た。

「わたくしを襲った者のなかで生き残っていた一人を、富山へ届けてあげたのでございますよ。少々お灸《きゆう》を据《す》えたうえで」

たいしたことではないと代わって琴が告げた。

「…………」

前田直作が黙った。富山を通って境宿まで前田直作は行く。道中に不安が生じて当然であった。

「ここまで言えばわかるであろう。悪いが、兵を率いて殿を警固してくれ」

「富山が暴発すると」

「さすがに分家の殿が率先してではないだろうがな。家老あたりがやりかねぬ」

問うた前田直作に本多政長が答えた。

「わかりましてございまする」

前田直作がうなずいた。

三

加賀藩江戸留守居役《るすいやく》瀬能数馬は、旅の仕度《したく》に追われていた。

「金沢まで、参勤の日程はおおむね十二日でござる」

参勤行列に供する参勤留守居役に選ばれた数馬は、もと留守居役で隠居している篠《しの》田角有無斎《だかゆむさい》を訪ねて話を聞いていた。

「しかし、雨風などで一日や二日延びることもござる」

篠田角有無斎が絵図を出してきて説明した。

「すでに碓氷峠《うすいとうげ》の雪は溶けていると思われますが、意外と高山は冷えるので残雪があるときもござる。寒さへの対策はなされよ。あと、足下の草鞋《わらじ》でござるが、かなり歩きますのでな。数は相当に用意したほうがよろしい」

「傷んだところで買い足せばよろしいのでは。宿場でなくとも茶店でも草鞋くらい売っておりましょう」

少しでも荷物を少なくしたい数馬が言った。

「新品はいけませぬ。足に馴染《なじ》ませておかねば、豆ができたり、紐《ひも》ですれたりいたしまする。旅の最中に足を痛めるのは愚の骨頂。行列に先んじて城下へ走り、便宜を図ってもらうように手配りするのが参勤留守居役でござる。その参勤留守居役が行列より遅くては困りましょう」

役目を果たせなくなるぞと篠田角有無斎が言った。

「どういたせば」

「今日から草鞋を履《は》いて出歩きなされ。半日履いて痛みがあるのは捨て、ないものだけを持参するのでござる。少し履くことで草鞋も馴染み、紐なども柔らかくなりまする」

旅慣れた先達《せんだつ》ならではの助言であった。

「かたじけなし。他には」

「水あたりの薬はお持ちなされよ。留守居役は宿場に入る殿をお迎えし、本陣を訪れてお目通りを願う者たちを差配《さはい》せねばなりませぬ。宿はかならず殿とご一緒になりますゆえ、体調の悪化は許されませぬ。あと機会がある度《たび》に、竹筒の水は捨て、よく濯《すす》いで新しいものに替えなされ。まちがえても前日の残りなどを飲んではいけませせぬ」

「はい」

神妙に数馬は耳を傾けた。

「旅にかんしてはそれくらいでございましょうかな」

篠田角有無斎が告げた。

「ありがとうございました」

勉強になったと数馬は礼を口にした。

「ああ、あと一つ」

「なんでございましょう」

数馬は姿勢を正した。

「江戸で買える小間物であまりかさばらないもの。そうでござるなあ。紅か白粉《おしろい》、櫛《くし》などをいくつかお買い求めのうえ、お持ちなされ」

「紅や白粉をでございまするか」

意味がわからないと数馬が首をかしげた。

「きっと役に立ちまする」

篠田角有無斎がなんとも言えない顔で続けた。

「家中の者だけでなく、荷運びの中間《ちゅうげん》、小者などが宿場で飯盛女を買いまする」

「殿のお供の最中だというのにでございまするか」

参勤の途中で遊女を買う。論外だと数馬は憤《いきどお》った。

「当家の参勤交代は、三千人からの大行列でござる。十人十色と申しましょう。その三百倍でござる。遊女くらいならまだしも、博打《ばくち》にうつつを抜かす者もでまする」

「なんともはや」

篠田角有無斎の話に、数馬はあきれかえった。

「ずいぶんと前の話でござるが、とある城下に参勤行列が泊まったとき、ひそかに博打場へ出入りした者がおりました。それでも出発までに戻って来ていればどうということもなかったのですが、そやつは博打に負け続け、身ぐるみ剝《は》がされてふんどし一枚にされておりました」

「…………」

あまりのことに数馬は声もでなかった。

「どうなりましてござる」

「さすがに隠しきれず、その場でお家断絶放逐《ほうちく》となりました。が、それ以降も博打に手をだす者は後を絶ちませぬ」

「家を潰されるのに……」

数馬は目を剝《む》いた。

武士にとって家こそすべてであった。家があるから禄があり、子々孫々まで受け継いでいける。家こそ財産である。それを守るため、武士は必死で働いている。

「表沙汰にならなければよいのでござる。目立たなければ、一々、そのていどのことを咎め立てはいたしませぬ」

「しかし……」

「瀬能どの。こういった連中の尻ぬぐいも参勤留守居役の仕事でござるぞ」

まだ批判しようとする数馬に、篠田角有無斎が冷たく告げた。

「えっ」

数馬は啞然《あぜん》とした。

「留守居役は藩の対外を担《にな》う者でござる。その相手が大名か、地回りかの違いだけで」

「では、先ほどの小間物は……」

おずおずと数馬が訊いた。

「無頼のまとめをしている者ほど、世間体を気にいたしまする。ほとんどのもめ事は金で片《かた》が付きますが、そうでないこともござる。そのようなときに役立つのでござる。江戸の小間物は田舎《いなか》では絶対に手に入らないもの。それを持っているだけで、女どもは群がりまする。女に騒がれる。これは著しく無頼の矜持《きょうじ》を高めまする」

「紅を男に贈る」

数馬は嫌な顔をした。

「その男が使うわけではございませぬぞ。その男からどこぞの女に渡される」

笑いながら、篠田角有無斎が言った。

篠田角有無斎のほうが歳も上であり、留守居役としての経験も豊富である。しかし、篠田角有無斎は、隠居ということで現役の数馬にていねいな応対をしてくれた。

「このようなところでよろしいかの」

「たすかりましてございまする」

話は終わりだと述べた篠田角有無斎に、数馬は深々と頭をさげた。

篠田家の長屋から数馬に与えられている長屋までは近い。

「ただいま戻った」

「お帰りなさいませ」

長屋の門を潜《くぐ》った数馬を女中の佐奈《さな》が迎えた。

「庫之介《くらのすけ》はどういたしておる」

「用意を調《ととの》えに、自室へ下がらせていただいておりまする」

家士の行方《ゆくえ》を問うた数馬に、佐奈が答えた。

「そうか。佐奈、草鞋を出してくれ」

「今からお出かけでございまするか」

数馬の注文に、佐奈が問いかけた。

「うむ。履きならしておこうと思っての。そのあたりを歩いて来る」

早速に篠田角有無斎の忠告に数馬は従おうとしていた。

「さようでございましたか。では、これを」

佐奈が懐《ふところ》から草鞋を出した。

「……なぜ草鞋を懐に入れておる」

数馬が怪訝《けげん》な顔をした。

「新しい草鞋は硬うございまする。それを柔らかくするには、手で揉《も》み込むのがなによりでございますが、なかなかそればかりにかかりきるわけにも参りませぬ。ならば丸みを帯びたものに押し当てるのも一手と乳房に……どうぞ、お掛けを」

佐奈が数馬に玄関式台へ座るように言った。

「お履かせいたしまする」

座った数馬の前に回った佐奈が、手早く草鞋を履かせた。

「……藤吉郎《とうきちろう》の故事でもあるまいに」

温かさの残る草鞋にうろたえた数馬が、ごまかすように笑った。

「行って来る」

その温もりが佐奈の乳房のものだと理解した数馬は、あわててその場を離れるように出ていった。

「……少しは意識してくださっているよう……」

一人玄関に残った佐奈が微笑みを浮かべた。

加賀藩の上屋敷を出た数馬は、しばらく赤い顔のままであった。

「まったく佐奈は……」

数馬はそれを佐奈のせいにした。

「佐奈といえば、妾宅《しょうたく》だが……」

緩んでいた顔を、数馬は引き締めた。

「小沢《おざわ》の斡旋《あっせん》したところはつかえぬ」

先日佐奈を妾《めかけ》にすると挨拶に出向いた数馬を無頼が襲った。

「女の顔に傷をつけるだけだ」

待ち伏せしていた無頼たちは、端《はな》から数馬ではなく佐奈を狙っていた。

「あの後、佐奈と外出しているときにも襲撃されたと庫之介が言っていた。そのときも目的は佐奈だったようだともな」

数馬は思案に入った。

「妾宅が決まり、そこに入れる妾を紹介しようとしたら、これだ」

偶然だとはとても思えなかった。

「佐奈が妾では困るのだ、小沢は」

すでに数馬のなかで、襲撃者たちの後ろにいるのは、堀田備中守《ほったびっちゅうのかみ》の留守居役小沢兵《ひょう》衛《え》と決まっていた。

「己の息のかかった女を押しつけるためだろう」

数馬は小沢兵衛の動機をそう推察した。

留守居役にとって妾宅は、重要な密談場所であった。

吉原《よしわら》や品川《しながわ》の遊女屋でも密談はできる。ただ、そこに入るのを見られるのは防げない。

「なに藩と某藩の留守居役が二人で、吉原の揚屋《あげや》に入っていった」

これを見られるのはまずかった。

「なに藩には年頃の姫がおられた。あの藩の嫡男どのは未《いま》だ婚姻を約しておられぬ。これは両家に縁ができるか」

「どうやらなに藩には領地替えの噂がある。ご老中の親戚筋であるあの藩と会うのは、それをかわしたいからではないか」

誰と誰が余人を交えずに会ったというだけで、これくらいは容易《たやす》く見抜く。それくらいできなければ留守居役は務まらなかった。

「姫ならば当家にもおられる。あの藩は内証《ないしょう》裕福だという。なれば縁を繋《つな》いで損はなかろう」

「なに藩が移封した後にはどこが来るか。あの土地は実高が表高を大きくこえるという。できればそこへ移してもらいたいものだ」

見抜くだけで終わればいいが、さらにその上を狙う者も出てくる。

もちろん密談するほうにも思惑はある。わざと密談していると見せて、相手をはめるのだ。本命以外と密談して目を逸《そ》らす、会っているところを見せつけてすでにこちらに取りこんでいると宣言するなど、留守居役は全ての行動が戦いの手段であった。

しかし、本当に隠したい密談もある。そんなときに、妾宅が使われた。

妾宅はあまり表通りに面していない。三間（約五・四メートル）もの立派な間口を持たない。基本として他人目《ひとめ》につかないところにひっそりとある。場所を知らなければ、まず出入りを見られる恐れがなかった。

逆に言えば、妾宅の場所を教え合う仲といえば、相当親しい関係になった。

まだ留守居役に抜擢《ばってき》されて月日の浅い数馬は、妾宅を持っていなかった。

その妾宅の斡旋《あっせん》を数馬は小沢兵衛に預けた。これも外交である。いわば、数馬は小沢兵衛に密談の場所を明かしたのだ。こうすることで、数馬は小沢兵衛と繋がり、いつでも連絡が取れ合うと親密な仲になった。

小沢兵衛は加賀藩留守居役から老中堀田家に寝返った裏切り者であった。その裏切り者との縁を求めたのは、藩の命令であった。

「藩を売った者とはいえ、ご老中さまの留守居役には違いない。その力を無視するわけにはいかぬ。しかし、我ら留守居役は、小沢が当家に居たころを知っている。あやつのお陰で煮え湯を飲まされたのだ。顔を見れば罵声《ばせい》を浴びせかねぬ。他家の留守居役を怒鳴りつけてしまえば、こちらの負けだ。そなたは小沢を知らぬ。会っても腹は立たぬであろう。ゆえにおぬしに任せる」

先達《せんだつ》の留守居役からそう言われてはしかたない。数馬は小沢兵衛とのつきあいを深くしていった。

「妾宅だけでなく、よい女も紹介させてくれぬか」

数馬を世慣れていないと見抜いた小沢兵衛が、妾も世話してやると言い出した。

「すでに心当たりがござれば」

それを数馬は断った。もちろん佐奈に手出しをしているわけではなかった。小沢から妾を紹介されるのはまずいと先達から止められたのだ。

「小沢の紹介した女など入れるなよ。女は小沢に金で飼われている。瀬能、おぬしがいつ誰と会ったか、なんの話だったかを翌日には小沢に届けるぞ。そんなまねをされてみろ、当家の密事は小沢に筒抜けになる。それにな、昨日、何度妾を抱いたかまで小沢が知ることになる」

「とんでもない」

先達の話に、数馬は大きく首を横に振り、小沢兵衛の申し出を頑《かたく》なに拒んでみせた。

「では、その妾と会っておきたい」

江戸へ来て間もない数馬に目を付けた女がいるはずもない。小沢兵衛がこう求めてくるのは当然であった。

「女を紹介いたしたく」

余計な手回しをさけるためにも、早いほうがいいと考えた数馬は先手を打ち、佐奈を小沢兵衛へ紹介しようとした。それに対して、小沢兵衛は佐奈を襲うという暴挙に出た。

「決別だな」

数馬は小沢兵衛の紹介した妾宅を断ることに決めた。

「六郷《ろくごう》どのに報告をせねば」

小沢兵衛とのつきあいは藩命である。気に入らないからといって、数馬の判断だけで切っていいものではなかった。

「いいところで」

悩みながら歩いていた数馬に声がかかった。

「誰だ」

まだ日は暮れていないが、そろそろ建物の陰などは暗くなってきている。数馬はなにがあっても応じられるように腰を落とした。

「名前は教えぬ。知る意味がない。名前などただの符牒《ふちょう》に過ぎぬ。人はその性根で語るべきである」

　影が述べた。

「坊主でもあるまいに。なにを言っているか。高尚そうに聞こえるが、ようは名前を名乗れない胡乱《うろん》な者だということだろう」

　数馬が言い返した。

「やれやれ、人の世の真実を見ようとせぬ蒙昧《もうまい》の輩《やから》はこれだから困る」

　別の声があきれた。

「……二人。他にもいるのか」

　すばやく数馬が前後に目を走らせた。

「ご懸念あるな。今宵《こよい》は偶然だからな。それにおぬしには恩讐《おんしゅう》はない。正確にはないとは言わぬが、余《よ》は寛大じゃでな。許そう」

　後ろから聞こえた声が尊大に言った。

「なにやつじゃ」

　もう一度数馬が問うた。

「あの女はどこにおる」

「……あの女。佐奈のことか」

問われた数馬は思わず口にした。

「ほう、佐奈と言うのか。名前がわかっただけでも来たかいがあったな」

「さようでございますな。お館さま」

闇のなかで二人が笑った。

「くっ……」

うかつだったと数馬は唇《くちびる》を噛《か》んだ。

「女がどこにいるか言えば、おまえだけは見逃してやってもよいぞ」

お館さまと呼ばれた声が、数馬に告げた。

「ふざけるな」

失策のうえ、軽く扱われたのだ。数馬は憤慨《ふんがい》した。

「よせ、よせ。おまえごときで、余の身体《からだ》に触れることなどできぬ。余とやり合いたいのならば、あの軍神の生まれ変わりでも連れて来るのだな」

お館さまが数馬の怒りを嘲《あざけ》った。

「…………」

無言で数馬は太刀を抜いた。

「おろかな」

「まったくでございますな。このていどの頭しかない家臣を飼っているようでは、加賀もたいしたことはございませぬ」

「軍師、そなたのいうとおりじゃ」

「なにを遊んでいる」

二人の遣《や》り取《と》りに数馬は我慢できなくなった。数馬は太刀を構えて陰へと進んだ。

「お館さまが相手なさるほどではございませぬ。この場は多田《ただ》にお預けくださいませ」

「軍師がそう申すならば……満蔵《みつぞう》、手柄を待っておるぞ」

「あっ、待て」

薄れる気配を数馬は追おうとして、足を止めた。

「……そこにもいるな」

陰の先にある辻から、濃密な殺気が溢《あふ》れてきた。

「ほう、気づくくらいにはできるようだな」

辻から背の高い浪人が姿を見せた。

「きさまは……」

太刀を青眼《せいがん》にしながら、数馬は三度目になる詰問をした。

「新武田二十四将の一人多田満蔵」

「……新なんだと」

名乗りに数馬は唖然とした。

「聞こえなかったか。かつて戦国を駆けた名将武田信玄《しんげん》公を支えた二十四人の猛将、知将。それが今の世に蘇《よみがえ》ったのが、我ら新武田二十四将である。吾は妖怪火車鬼《かしやき》を退治し、天狗《てんぐ》を斬った多田満頼《みつより》が転生《うまれかわり》」

「夢物語は、寝床で言え」

誇らしげな多田に、数馬はあきれた。確かに多田満頼には、そういった伝説がある。しかし、天狗や妖怪などこの世にはない。ないものを斬ることはできなかった。

「疑うか。ならば、その身で知るがいい。降魔《ごうま》の剣を」

多田が太刀を抜き放ち、天を突くように高くあげた。

「…………」

数馬は香取神道流《かとりしんとうりゅう》を学んでいる。剣術の祖とも言える香取神道流は、青眼の構えから相手の動きを見ての応手を真髄《しんずい》としていた。

「射竦《いすく》みを喰《く》らえっ。やあああ」

いきなり多田が大声で威圧してきた。

「…………」

数馬は相手にしなかった。

射竦みとは、一刀流の極意である。上段の持つ威圧をもって、相手を制し、身動きできぬようにして一刀のもとに屠《ほふ》る必殺の技であった。

「動けまい」

応じての気合いを返しさえしなかった数馬を、多田は術にかかったと思いこんだ。

「死ね」

多田が無造作に近づいてきた。

「えいっ」

大きく前へ踏み出した数馬は、青眼の太刀を横に薙《な》いだ。

「ぎゃああ」

背の高さが幸いしたのか、数馬の一刀は多田の腹ではなく、両太ももを裂いた。

「な、なんで射竦みが効かぬ」

「浅かったか」

相手の大きさに惑わされた数馬が舌打ちをした。

「馬鹿が、下がれ」

陰から軍師と呼ばれた男の声で指示が出た。

「まだ、いたのか」

去って行ったと思いこんでいた数馬は、新たな敵との戦いを想定して、前のめりになった体勢を戻した。

「くそっ、くそっ」

傷を受けた多田が、痛みをこらえて後ろに下がった。

「手当をせねばならぬ。今日のところはこれでさらばだ」

「山本《やまもと》、手を貸せ」

両足をやられた多田の歩みは遅かった。

「なさけないことを言うな。ゆっくりでいい。追っ手に対する策はすでに打ってある」

「それならば安心じゃ。稀代《きたい》の軍師山本勘助《かんすけ》の生まれ変わりのおぬしの策は、まさに孔明《こうめい》顔負けじゃ」

安心した多田が、後ろを振り向いた。

「覚えたぞ、おまえの顔」

言い残して多田が闇へ吸いこまれた。

「なにがしたかったのだ」

捨てぜりふに数馬は呆然《ぼうぜん》とした。

「跡は……追えぬな」

数馬は太刀をあらためながら呟《つぶや》いた。罠を張ったと言い残している。あのていどの浪人を使うのだ。偽《いつわ》りであるとは思えるが、もし本当だったら上屋敷と近いだけにまずいことになる。

「とにかく六郷どのに報告だな」

数馬は屋敷へと戻った。

四

加賀藩上屋敷、留守居控《ひかえ》に入った数馬は、嘆息した。

「誰もおらぬ。遅かった」

留守居役の役目は他家とのやりとりである。本音を引き出すため、あるいは胸襟《きょうきん》を開いて話し合うため、留守居役は共に飯を喰《く》い、酒を呑む。ときには女を抱く。こうして親密になり、交渉を有利に持ちこむ。

留守居役の活躍で数万両の費用を要するお手伝い普請を受けずにすんだり、状況の悪い領地への転封《てんぽう》を避けられたりする。

財政厳しい藩でも留守居役の宴席だけは制限をかけない理由はここにあった。

「どうするか」

数馬は悩んだ。一連のことはできるだけ早く先達の耳に入れたほうがいい。

「六郷どのとはすれ違いで、ここ数日会えていない」

留守居役筆頭六郷大和《やまと》は、藩主国入りに伴う幕府への根回しで多忙を極めている。

佐奈が襲われたことは一応報せてはある。とはいえ、指示はまだでていなかった。

「今宵《こよい》のことを伝えねば。佐奈が狙われている。状況が変わってきている」

情報は共有しておかなければ、後で齟齬《そご》が生じる。少しの間だったが留守居役を拝命してからの日々で、数馬は情報の重要さを思い知っていた。

「ご家老さまにお話ししておくべきか」

数馬は江戸家老の村井《むらい》へ告げることにした。

「御免《ごめん》、ご家老さまは、まだ」

表御殿の御用部屋は番士によって警固され、その許可なく通れないようになっている。

「瀬能どのか。ご家老に御用か」

顔見知りの番士が、尋ねた。

「いささかお報せせねばならぬことができましてござる」

留守居役は用人の次席になる。番士より格上だが、江戸では新参になる数馬は、誰にでもていねいな言葉遣《づか》いを心がけていた。

「訊いて参る。しばし、お待ちあれ」

二人の番士のうちの一人が、御用部屋へ入った。

「……村井さまがお会いになられる。通られよ」

すぐに番士が許しを伝えた。

「かたじけなし」

手間を掛けたと礼を口にして、数馬は御用部屋に入った。

「瀬能、いかがいたした。今夜そなたは出かけずともよいのか」

江戸家老の村井が、数馬の顔を見て怪訝《けげん》な顔をした。

「御用繁多《はんた》のおりから申しわけもございませぬが……」

今までの経緯《いきさつ》と、さきほどのできごとを数馬は述べた。

「なんだと……お屋敷の周りに胡乱な者が」

村井が驚いた。

「殿のお国入りも近いというに……そなたは。いや、そなたのせいではないな。小沢の逐電《ちくでん》を見逃した我らがその責を負わねばならぬ」

文句を言いかけた村井が、首を振って否定した。

「……いかがいたしましょう」

一瞬、責任を押しつけられたかと思った数馬だが、続いた村井の言葉に不満を呑みこんだ。

「待て」

対応策を求めた数馬を村井が制した。

「殿にもお聞きいただこう」

村井が腰をあげた。

「……殿に」

数馬は呆然《ぼうぜん》となった。

瀬能家は千石をもらっている。これは三代藩主利常《としつね》に嫁いだ二代将軍秀忠の娘珠姫《たまひめ》付の用人として旗本から加賀藩士へ転籍した慰め料込みで、諸藩ならば組頭、家老職なみの高禄になる。しかし、百万石の前田家では、千石など掃いて捨てるほどいる。

今でこそ、江戸留守居役として要職にあり、それなりの家老や用人などの重職とのつきあいもできたが、一年ほど前までは、国元で珠姫の墓守という閑職中の閑職だったのだ。藩主はもちろん、家老になど会ったこともない、せいぜい式典で遠くから顔を見るだけという生活を代々続けてきた。

未だ数馬は藩主に目通りをするという緊張になれていなかった。

「なにをしておる。急がねば、殿が奥へ入られてしまう。そうなれば、お目通りは明日になってしまうぞ」

「は、はい」

叱《しか》られた数馬が急いで立ちあがった。

加賀藩五代藩主前田加賀守綱紀は、正室保科正之《ほしなまさゆき》の娘摩須姫《ますひめ》を亡くしてから女に興味をなくしたかのようであった。それが最近、家臣三田村《みたむら》氏の娘町《まち》を気に入り、江戸屋敷の奥へ入れていた。

跡継ぎのいない家は取り潰しが決まりである。三代将軍家光の異母弟で大政参与を受けた保科正之が、由井正雪《ゆいしょうせつ》の乱を教訓として末期養子の禁を緩和したとはいえ、跡継ぎがいないというのは、家臣たちにとって恐怖であった。

「藩主の仕事は子作りである」

そう明言して憚《はばか》らない家老がいる藩もあるほど、藩主の閨《ねや》ごとは大事であった。

「殿はまだおられるか」

さすがに江戸家老である。御座の間へ至るまでの番所はすべて素通りできた。とはいえ、いきなり御座の間の襖《ふすま》を開けるわけにはいかない。

村井が宿直番《とのいばん》の小姓に問うた。

「お伺いして参りまする」

小姓が襖を少しだけずらし、なかでの宿直を受け持つ別の小姓に耳打ちした。

「……村井がか。よかろう。通せ」

綱紀の声は大きい。外にいる数馬たちにも十分聞こえた。

「どうぞ、お許しがでましてござる」

小姓が少し身を退いて、襖を大きく開けた。

「御免くださいませ」

「…………」

村井に続いて頭を垂れたまま、数馬も御座の間へ入った。

「……瀬能も一緒か。なにがあった」

綱紀が問うた。

「さきほど……」

ここで、休んでいるのを邪魔して申しわけないだとか、お元気そうで喜ばしいなどの無駄な挨拶はしない。綱紀は形式を疎《おろそ》かにはしないが、危急の際は実を取る度量を持っている。それを村井はよく知っていた。

「……小沢め」

聞き終わった綱紀が怒りを露《あら》わにした。

「堀田家の留守居役が、怪しげな動きをしていると申していたな」

綱紀のもとにも、将軍家綱墓所新設に伴う寛永寺《かんえいじ》整備の噂は届いていた。将軍家祈願所から菩提寺《ぼだいじ》への格上げである。そのための普請となれば、使う板一枚から職人まですべて一流でなければならない。

その普請にかかる費用は十万両近く要ると考えられていた。

細かく普請を区切って五万石、十万石ていどの大名にさせてもできようが、作業がばらばらになるため、材質や施工の技に差が生まれ、完成してからの見栄えが悪くなる。

となると、それを引き受けられる大名も自ずから限定されてくる。加賀の前田、仙台の伊達《だて》、薩摩《さつま》の島津《しまづ》、岡山の池田《いけだ》、萩《はぎ》の毛利《もうり》、熊本の細川《ほそかわ》、福岡の黒田《くろだ》くらいしかいない。

すでに大名から金が消えた延宝《えんぽう》の世である。どこの大名も十万両の出費は避けたい。

とはいえ、普請はかならずおこなわれる。誰かが貧乏くじを引かなければならない。

それを避けるのが留守居役の仕事であった。

「当家は睨まれておりますゆえ」

村井が苦渋に満ちた顔をした。

「雅楽頭の策か。これも」

「おそらく。幕府にしてみれば百万石という一つの藩で天下の兵を引き受けられる外様大名は目障りでしかたないのでございましょう」

前田家は酒井雅楽頭による五代将軍継承の争いに巻きこまれただけだが、綱吉にとっては邪魔者にしか見えない。酒井雅楽頭は、宮将軍から目をそらすために綱紀を使い、ついでに加賀藩を潰すか、大幅にその力を削《そ》ぐつもりでいた。

「小沢とは会ったのか」

綱紀が数馬に問うた。

「あれ以来、会っておりませぬ」

佐奈を紹介しにいって襲われたときを最後に、数馬は小沢に近づいていなかった。

「会津《あいづ》藩から耳にしたところを問いただすとして、六郷が近々小沢と会う予定にはなっておりまする」

村井が付け加えた。

「堀田備中守家の留守居役たちが、伊達や細川など、当家以外の留守居役と頻繁《ひんぱん》に宴席を繰り返していると会津からもたらされた話だな」

「はい」

会津保科家と加賀前田家は縁戚になる。格は会津が上ながら、石高では前田が優る。ほぼ同格として交流は深い。

「参勤が近い。国入りしてしまえば、どうしても対応が後手になる。しかも横山では留守を預けるに不安がある」

綱紀が苦い顔をした。

横山とは江戸定府で筆頭家老を務める横山玄位《はるたか》のことである。二万七千石という高禄を喰《は》む加賀藩人持ち組頭七家の一つであった。

横山家は前田利家がまだ織田信長の家臣で尾張荒子《おわりあらこ》城主だったころから仕えた譜代

中の譜代の家柄である。玄位の曾祖父《そうそふ》長知《ながちか》は加賀藩前田家が徳川家康から謀叛《むほん》を疑われたときに奔走《ほんそう》し、無事収めた功臣であった。その縁もあり、横山家は徳川家に近く、長知の息子長次《ながつぐ》は五千石の寄合旗本として幕府に抱えられている。

その縁もあってか、横山玄位は大叔父にあたる長次に命じられて、綱紀の五代将軍就任を後押しした。長次は酒井雅樂頭の走狗《そうく》であり、横山玄位を通じて加賀藩へ干渉しようとしたのだ。

もちろん、端《はな》から五代将軍などになる気のなかった綱紀によって、横山玄位の策謀は防がれ、今は藩政から遠ざけられていた。

「あやつに留守を任せれば、喜んでお手伝い普請を受けかねぬ」

「はい。幕府も横山どのを格別に扱っておりまする。とても陪臣《ばいしん》への対応ではございませぬ」

村井も同意した。

「宗《そう》家における柳川調興《やながわしげおき》の例もある。いつ潰されるかわからぬ外様の陪臣より、老中や若年寄への出世もある譜代大名のほうがありがたいわな」

綱紀が嘆息した。

柳川調興は対馬藩主宗家の家老であった。その位置の特性から、幕府と朝鮮王朝との外交を預けられ、幕府からも禄を与えられていた。陪臣でありながら旗本でもあるという二重の身分を持っていた。

その柳川調興が主家である宗家を、朝鮮との外交の遣り取りを改竄《かいざん》していると幕府へ訴えたのがことの始まりであった。

これは宗家としてやむを得ない事情があった。豊臣秀吉《ひでよし》による無道としかいえない朝鮮侵攻の後である。朝鮮王朝の日本に対する不信は強い。しかし、幕府も朝鮮王朝へ頭を垂れるわけにはいかない。あくまでも同格、あるいはこちらが上としてつきあいをしなければ幕府の面目が潰れる。板挟みになった宗家は、幕府と朝鮮王朝の両方を宥《なだ》めるように、どちらからの親書にも手を加えていた。それを柳川調興が訴えた。

「宗家の禄を返上するので、旗本として庇護《ひご》願いたく」

柳川調興は宗家との縁を切るために、主家を売った。

当然のことながら、忠義を根本にしている幕府が柳川調興の策にのるはずはなく、宗家はお咎めなし、柳川調興は津軽《つがる》へ流罪となった。

「万石を持ちながら、陪臣というのが気に入らぬのだろうがな。その禄を誰がくれているかを忘れておる」

綱紀があきれた。

「はい」

村井がうなずいた。

「かといって、そなたではいささか軽い」

「……………」

江戸家老として万石には及ばないが、数千石を与えられている村井でも加賀藩では最高の格式ではなかった。

「せめて人持ち組頭であれば、横山への押さえも効き、幕府との交渉も任せられるが」

加賀藩の身分は細かく分かれている。その最上位が本多家を筆頭とする七家しかいない人持ち組頭であり、村井はその下の人持ち組である。数馬はさらに一段下がった平士でしかない。

「いかがいたしましょう」

格が足りないと言われたにもかかわらず、顔色一つ変えずに村井が尋ねた。

「なんとかして余《よ》が江戸を出るまでに、小沢と会え。堀田備中守どのと、帰国の挨拶の場で話ができるように手はずを整えよ」

「帰国のご挨拶となれば、あと五日しかございませぬ」

綱紀の指示に、村井が目を剝《む》いた。

参勤交代で国元へ帰る大名は、出発の三日前に登城して将軍へ暇乞《いとまご》いをするのが慣例であった。

「無理でもせよ。お手伝い普請を避けねばならぬ。十万両がないわけではないが、あると幕府に知られるのもまずい。金があるとわかれば、それがなくなるまで、いや、なくなっても幕府は負担を押しつけてくるぞ」

綱紀が険しい口調で言った。

「わかりましてございまする」

手を突いて了承した村井が、数馬へ顔を向けた。

「明日中に小沢と会えるように手配をいたせ」

「……明日中でございますか。六郷どのは、明日も宴席が……」

「六郷ではない。儂が一緒に行く」

予定がと言いかけた数馬に村井が被せた。

「ご家老さまが、小沢にお会いになると」

「聞こえなかったのか」

確認した数馬に、村井が苛立《いらだ》った。

「いえ。わかりましてございまする」

江戸家老村井の指図とはいえ、大元は藩主綱紀の命《めい》である。数馬は引き受けるしかなかった。

「明日朝一番に出向きまする」

「今宵は無理か」

数馬の答えに村井が不満を見せた。

「すでに他家を訪れる刻限ではございませぬ。妾宅を存じておりまするが、夜分に推参して相手の機嫌を損ねてはよろしくございますまい」

妾宅と教えることで、小沢兵衛が閨《ねや》で妾を抱いているだろうと数馬は匂《にお》わせた。

「睦み合っているのを邪魔されては、気分が悪くなるのも無理はないな。明日でよい。朝早いうちに行け」

綱紀が数馬の意見を採用した。

「下がってよい」

話は終わったと綱紀が手を振った。

「お邪魔をいたしましてございまする」

「ではこれにて」

二人が辞去の挨拶をした。


長屋へ戻った数馬は、玄関で待っていたらしい佐奈に驚いた。

「控えていたのか」

「すぐにお帰りと思っておりましたので。随分《ずいぶん》とかかりましたが、なにかございましたのでしょうや」

問うた数馬へ、佐奈が質問で返した。

「話がある。庫之介とともに、奥へ参れ」

数馬は居室へ集まれと告げた。

「お呼びだと伺いました」

最初に庫之介が廊下に膝《ひざ》をつき、少し遅れて白湯《さゆ》を盆に載せた佐奈が続いた。

「聞け。屋敷を出たところで……」

数馬が経緯《いきさつ》を語った。

「…………」

「わたくしを名指しで」

庫之介と佐奈が険しい顔になった。

「新武田二十四将などとふざけた名乗りをいたしておった」

「石動《いするぎ》さま」

「佐奈どの」

二人が顔を見合わせた。

「覚えがあるな」

その態度から数馬は見抜いた。

「はい。先日お話しした者がそのようなことを申しておりました。頭分《かしらぶん》は武田信玄直系の子孫と称しているようでございまする」

「……馬鹿どもか」

数馬はあきれた。

「武田の子孫が刺客などするはずなかろうが。無頼が集まっていきがっているだけだな」

「でございましょう」

石動庫之介が同意した。

「わたくしが探って参りましょう」

「待て」

立ち上がりかけた佐奈を数馬は制した。

佐奈は琴が許嫁《いいなずけ》につけた見張りを兼ねた警固である。かつて軍神として恐れられた上杉謙信が使った忍、軒猿の末裔《まつえい》の一人であった。

「やつらの目標であるそなたが出向いてどうする」

「あのていどの輩に捕まるようなまねはいたしませぬ」

数馬の危惧《きぐ》に佐奈が矜持で応じた。

「わかっている。そなたの腕は」

会津の帰途、立ち寄った日光東照宮《とうしょうぐう》で危なかったところを助けられている。数馬は佐奈の能力を高く買っていた。

「今はならぬ。参勤交代の直前である。旅の用意にそなたの手が要るであろう。吾《われ》と庫之介だけでは、なにがどこにあるかさえわからぬのだ」

「わたくしの手がご入り用で」

家政を預けているのだと言われた佐奈がうれしそうな顔をした。

「当たり前じゃ。まずは殿のご用を果たさねばならぬ」

「まずはと言われたとあれば、愚か者どもをそのままにになさらぬと」

石動庫之介が確認してきた。

「うむ。吾に仇《あだ》なすだけならばまだしも、前田家にまで手を伸ばしてきたとあっては、捨て置けまい」

数馬は上屋敷付近を窺《うかが》っていたことを問題にした。

「わかったな。佐奈。吾はそなた以外に妾宅を任せられぬのだ」

琴から佐奈には手を出していいとの許しが出ている。これは数馬が美人局《つつもたせ》に引っかからないようにとの意味も含まれていた。

男は女に弱い。閨で機密を漏《も》らしたり、ねだられてなにかをするなど、女の操りにはまる男は多い。留守居役という役目上、妾宅は必須である。ならば絶対大丈夫な腹心を妾にと琴が手を打った。それが佐奈であった。

「承知いたしましてございまする。参勤ご用が終わりますまで、決して手出しはいたしませぬ」

釘を刺した数馬に、佐奈がうなずいた。

「うむ。明日は朝が早い。先に休ませてもらおう」

「では、お着替えのお手伝いを」

数馬と石動庫之介が奥へと消えた。

「今は手出しいたしませんが、数馬さまが江戸を離れられた後は……許しませぬ」

残った佐奈が数馬の襦袢《じゅばん》を折りたたみながら宣した。

第二章　交渉万変

一

小沢兵衛は堀田備中守《びっちゅうのかみ》から命じられた加賀《かが》藩主前田綱紀《つなのり》の隠し子を探せとの指示を放置していた。

小沢兵衛はもと加賀藩江戸留守居役《るすいやく》であった。留守居役という公金を思うままにできる立場を悪用し、私腹を肥やしていたことがばれ、捕まる前にと藩を出奔《しゅっぽん》した。のち、加賀藩という外様《とざま》最大の藩を手のなかに入れようと考えた堀田備中守に拾われ、その留守居役となった。

「前田加賀守が、継室を娶《めと》ろうとせぬのは、国元に子供がいるからではないか」

そう堀田備中守は、考えた。

徳川家康によって、長子相続が決まりとなった。ただし、これにも制限があった。生母が同じであれば、長幼の序に従う。が、生母の身分が違えば、長幼の序は二の次になった。

大名の婚姻《こんいん》は私事ではない。大名の縁組みは、家と家とのものである。これは互いの血を次代で合わせることで強固なつながりを持とうとするか、姻族《いんぞく》になることでもめ事を和解しようとするかを目的としている。

ようはどちらの家の血をも引く者を産み、その子を次の当主とすることで絆《きずな》を作る。それが大名の婚姻であった。

とはいえ気に入らぬ妻ではなく、寵愛《ちょうあい》している側室が産んだ子がかわいいのは、男として当たり前である。

「次はこの子に……」

大名が望んでもこれは通らなかった。正室に男子がいれば、その子に嫡男《ちゃくなん》の座は来る。これが決まりであった。

綱紀と亡くなった会津《あいづ》藩祖保科正之の娘摩須姫《ますひめ》の間に子はいなかった。夫婦仲はよかったが、子を孕《はら》むことなく摩須姫は病死した。それ以降、綱紀に女の影はない。

江戸表《おもて》ならば、いくらでも探りようはある。だが、国元となるとなかなか幕府でも調べきれない。綱紀と国元の側室の間に子供がいる可能性は否定できなかった。

乳幼児の死は多い。

生まれてすぐに幕府へ届けてしまえば、病死したときにも届けを出し、検死を受けなければならなくなる。さすがに国元まで目付《めつけ》が来ることはないにせよ、いろいろと手続きもあり、かなり面倒である。

もう大丈夫だろうという七歳になってから届け出るのが、大名や名門旗本の慣例になっていた。

ただし、将軍の、徳川の血を引く者は別であった。懐妊したとわかった段階で届け、生まれたらすぐに通知する。これは徳川の血筋を保護するためのものであった。

かつて豊臣秀吉が天下人だったころ、外様大名は徳川家の家臣ではなく、同格の大名であった。石高や官位などに差はあったが、その遠祖をたぐれば徳川よりも格式の高い家もあった。

とくに関ヶ原の合戦で負けたことで大幅に領土を削られた外様大名の反発は強かった。

「押しつけられたから、やむをえず正室にしたが、徳川の血を当家に入れる気はない」

「懐妊したか。なんとか水にするよう、薬を盛れ」

「男が生まれただと。濡れ紙を押しつけて殺せ。病死とする」

こうして闇に葬られた徳川の血を引く子供が出た。

「徳川の血を密殺するなど、論外である」

幕府は憤慨《ふんがい》した。

そもそも幕府が外様大名に将軍の姫や一門の娘を嫁がせるのは、その血統に徳川の血を入れるためであった。

「将軍の一門にしてやる」

幕府がもっとも恐れているのは外様大名たちによる謀反《むほん》であった。それを防ぐには、戦《いくさ》を起こせないほど外様大名から余力を奪うか、一族にとりこむかのどちらかしかない。

幕初は、もっとはっきりとした手段を執《と》った。

改易である。それこそ、柄のないところに柄をつけるを地でいくような難癖《なんくせ》をつけ、無理矢理外様大名を潰《つぶ》していたが、その結果大勢の浪人たちを世に放つことになり、由井正雪の乱を招いてしまった。

浪人も侍である。侍とは戦いを本分とする者。主家を持たぬ浪人は、烏合《うごう》の衆にすぎないが、誰か将としてまとめる者が出てきたとき、天下はふたたび騒乱に陥《おちい》る。

それに気づいた保科正之が大名を潰さず、徳川の血を入れることで家を乗っ取る方針へ転換した。

となると将軍や一門の姫などが子を産み、無事に育たなければ意味がない。そこで、幕府は、厳重な見張りをおこなっている。

その見張りは隠密などではない。姫の輿入《こしい》れに同伴していった旗本や家臣、女中たちである。これらは輿入れ後も嫁ぎ先に残り、姫の警固《けいご》と所用を承る。と同時に嫁ぎ先の家を監視する役目も負っていた。

「前田綱紀と摩須姫の間に子はない」

摩須姫には数十人の随伴《ずいはん》がいた。この随伴は、嫁いだ姫が男子を産み、その子が嫡男として幕府へ届けられた段階で、帰藩するか、転籍して嫁ぎ先の家臣となる。それまでは姫の実家の家臣であるため、嫁ぎ先が勝手に異動させたり、姫との面会を制限できなくなっている。死亡したときはもちろん、病になっても姫の実家へ報告せねばならず、都合が悪いからといって処分はできなくなっている。

「ならば国元に子がいるのだろう。継室を求めていないのは、そのためだ。継室をもらって子ができれば、今いる子を廃嫡《はいちやく》することになる」

継室も正室と同じ扱いになる。継室が男子を産めば、その子を跡継ぎにしなければならない。

すでに生まれた子を中心にした家臣団ができていた場合、嫡男の変更はお家騒動のもとになる。子につけられていた家臣たちは、次代の側近を約束されたも同然なのだ。それが、継室が子を産むことでなかったことになってしまう。

お付きとして将来の出世を夢見ていた者にしてみれば、たまったものではない。それこそ、生まれた継室の子供に毒を盛りかねなかった。

となれば、継室についてきた婚家の家臣たちも黙っていない。藩を二つに割っての騒動は、幕府に介入させるいい理由になった。

「おまえの持つすべての伝手《つて》を使い、加賀守に子がいるかどうかを調べろ」

老中堀田備中守が小沢兵衛に命じたのは、加賀藩を押さえるために必須だったからであった。

それを小沢兵衛は無視した。

「伝手を潰せば、吾《われ》は役立たずになる」

小沢兵衛は、己《おのれ》が堀田家の家臣になれたのは、加賀前田家の情報を持っているからだと知っていた。

留守居役という金を自在にできた役目を小沢兵衛は悪用した。金を横領し、その金で贅沢《ぜいたく》をしつくした。もちろん、そんなまねをしていて気づかれないはずはない。小沢兵衛は気づいた者に金を渡し、取り込むことで悪事の露見を遅くした。

結局はばれて、藩から逃げ出す羽目になったが、そのころに金を渡した相手はまだ藩にいる。

「あのときにお貸ししたお金のこと、表沙汰《おもてざた》にしてもよろしいのか……」

小沢兵衛のことは加賀藩で禁句になっている。本来欠け落ちた藩士には上意討ちが出されるのに、小沢兵衛へ出ていないのは、ここにあった。端《はな》から小沢兵衛という家臣はいなかったと加賀藩はしたのだ。

なにせ小沢兵衛は飛ぶ鳥を落とす老中堀田備中守の家臣になったのである。小沢兵衛を欠け落ち者として咎《とが》めるならば、堀田家に引き渡しを要求しなければならなくなる。

五代将軍綱吉最大の功臣に、その家臣を引き渡せなどといって認められるはずもなかった。

たとえ家臣として召し抱えて一日目でも、大名は面目をかけて守らなければならない。

「百万石の威力に臆《おく》したか。老中といえどもたいしたものではないな」

もし小沢兵衛を引き渡してしまえば、世間から侮《あなど》られる。

これは加賀前田家でも同じであった。

「逃げた家臣を見つけておきながら、相手が老中となればなにもできぬようだ。百万石と偉《えら》ぶったところでさほどではないの」

今度は前田家が笑われる。

これを防ぐには、小沢兵衛という家臣などいなかった。加賀藩はそうするしかなかった。

そこへ小沢兵衛が現れ、加賀藩士を名指しで呼び出せばどうなるか。呼び出された家臣もいなかったことにされる。

今、小沢兵衛から金を受け取っていた連中は戦々恐々としている。裏から小沢兵衛が求めれば、なんでもする状態であった。

「使えるのは一人一度だ。使い切れば、吾の値打ちはなくなる」

脅迫者は、脅《おど》しが何度でも通じると思い込む。何度でもむしり取れると考えがちである。しかし、これはまちがいであった。一度は従うだろう。誰でもばらされたくない秘密はある。これっきりとわかっていれば、多少の痛みに我慢できる。

だが、味を占めて何度もやると、脅される側の我慢の限度をこえてしまう。限度をこえたとき、脅迫された者は反撃に出る。これ以上は身の破滅とわかっての逆襲である。後先も、命さえも無視したものになる。結果、脅迫者も滅びを迎える。

賢い者は、一度限りで手を切る。小沢兵衛はそれをよく理解していた。

「残っている伝手は三人。二人は江戸屋敷に、一人は去年国元へ帰った」

どうやって堀田備中守の要求をこなしながら伝手を残すかを小沢兵衛は考えていた。

「使える手駒がないのは不便だ」

小沢兵衛が爪《つめ》を噛《か》んだ。

つい半月ほど前まで小沢兵衛には三人の手駒がいた。

国元から江戸へ密かに出府してきた加賀藩士二人と陪臣《ばいしん》一人である。ともに前田直作を襲撃するように命じられていたが数馬の妨害を受けて失敗し、帰るところを失った。その三人の生活の面倒を見ることで小沢兵衛は駒として使っていたが、会津へ使者に出た数馬を襲撃して返り討ちに遭《あ》った。

「旦那《だんな》さま」

いらいらしていた小沢兵衛に妾《めかけ》が声をかけた。

「なんだ」

小沢兵衛が機嫌の悪い口調で応じた。

「……お、お客さまでございまする」

妾がおびえた。

「誰だ」

女の態度に男は敏感である。小沢兵衛は穏やかに問うた。

「瀬能さまでございまする」

もう数回数馬は小沢兵衛の妾宅を訪れている。妾も数馬の顔を知っていた。

「……加賀の瀬能が来ただと……なにしに来た」

小沢兵衛が怪訝《けげん》な顔をした。

「まさかあやつが上意討ちの討っ手……どんな雰囲気だ」

「なにやら急いでおられるような。でも剣呑《けんのん》な感じはいたしません」

訊《き》かれた妾が答えた。

「それならば大事ないか。通せ」

「はい」

許可を得た妾が引っ込んだ。

「朝のうちから、お邪魔をいたして申しわけない」

留守居役は宴席が仕事の場である。夜遅いことが多く、朝は辛《つら》い。

「いや、昨日はどこにも出なかったので、大事ない」

数馬の詫《わ》びに小沢兵衛が手を振った。

「さて、ゆっくりと世間話をする仲でもない。用件を」

さっさと話して帰れと小沢兵衛が言った。

「もとより」

そのつもりだと数馬も同意した。

「できれば本日、遅くとも明後日までに、席を設けるゆえ、ご足労願いたい」

数馬が用件を告げた。

「今更《いまさら》、なにを話すのだ」

もう修復できる状況ではなかろうと小沢兵衛が首をかしげた。

「話があるのは、拙者《せっしゃ》ではない。江戸家老の村井がお目にかかりたいと」

「村井どのが……何用で」

一層《いっそう》、小沢兵衛が怪訝な顔をした。

「拙者も知らぬ。手はずを整えろと命じられただけだ」

数馬は首を横に振った。

「子供の使いということだな」

小沢兵衛が嘲笑《ちょうしょう》を浮かべた。交渉を任とする留守居役にとって、子供の使いと言われることは最大の侮蔑《ぶべつ》であった。

「返答をいただこう。子供の使いだからな。そちらの答えを聞くだけだ」

数馬は動揺しなかった。

「……ちっ」

思惑が外れた小沢兵衛が舌打ちをした。

相手を怒らせるのも技のうちである。怒りは頭に血を上らせ、冷静な判断をできなくする。結果、口にしてはならないことまで漏《も》らしてしまう。

それを狙った小沢兵衛の一言は、あっさりと数馬にいなされた。

「もう、拙者はおぬしと交渉をせぬ」

留守居役としての対応をしないと数馬は宣言した。

「佐奈を襲わせた貴様は、敵だ」

数馬が殺気を小沢兵衛に浴びせかけた。

「……ひっ」

小沢兵衛の腰が引けた。

「返答を伺おう。拙者が我慢できる間にな」

「こ、今夜」

「結構だ。宴席を設ける気はない。話をするだけ。場所は、寛永寺《かんえいじ》山門前。刻限は夕七つ（午後四時ごろ）」

「わ、わかった」

「逃げてもいいぞ。そのときは、遠慮はせぬ」

首肯《しゆこう》した小沢兵衛に、数馬は口の端をつり上げて見せた。

「に、逃げぬわ」

「こちらは、拙者と村井だけで参る。では、待っている」

数馬は背を向けた。

「ああ。昨日も先日の無頼が手出ししてきた。追い払ったが、もとはおまえだとわかっている。次はない」

「…………」

足を止めて振り向かずに告げた数馬に、小沢兵衛は黙った。

数馬が去ってからも小沢兵衛は動けなかった。

「ひ、人を斬ったことのある者はあれほど恐ろしい気を出すのか。あれはもう人ではない。鬼だ」

小沢兵衛が震えた。

「お帰りになりました……旦那さま」

数馬を見送って戻ってきた妾が、小沢兵衛の様子に驚いた。

「旦那さま」

小沢兵衛を気遣《きづか》って妾が肩に触れた。

「……もし」

妾が小沢兵衛の目を覗《のぞ》きこんだ。

「……わああ」

とたんに小沢兵衛が叫び、妾を押し倒した。

「きゃっ。旦那さま、なにを」

裾《すそ》を割られた妾が小沢兵衛を押しのけようとした。

「…………」

無言で小沢兵衛がふんどしを解いた。

「ちょっと旦那さま。朝から……表を閉めてこなければ……ああ」

抵抗しようとしていた妾が、小沢兵衛に腰を押しつけられてのけぞった。

二

一刻（約二時間）近く妾をさいなんだ小沢兵衛は、昼餉《ひるげ》を摂《と》らずに妾宅を出た。

「おるか」

妾宅の前の路地を突き当たった寺の本堂へ、小沢兵衛が足を踏み入れた。

「どうかなされたかの。お悩みならば拙僧がお聞きしましょうほどに」

本尊らしき仏像を拝んでいた僧侶が振り向いた。

「悩みだと、ふざけるな」

小沢兵衛が僧侶を怒鳴りつけた。

「落ち着きなされや。小沢どの」

僧侶が小沢兵衛をなだめた。

「まずはお座りあれ。話はそれからじゃ」

「…………」

床を指さされた小沢兵衛が黙って腰を下ろした。

「さて、なにに憤《いきどお》っておられる」

あらためて僧侶が問うた。

「昨日、加賀藩の留守居役を襲ったな」

小沢兵衛が僧侶を指さした。

「ずいぶんとお耳の早い。なかなかいい伝手を江戸市中にお持ちのようだ。さすがは今をときめく老中堀田備中守さまの懐刀だけのことはござる」

「ふざけるな」

感心するような言いかたをした僧侶に、小沢兵衛が怒った。

「あやつには手出しをするなと念を押しただろう」

「…………」

「こちらが頼んだのは女の顔に傷をつけることだけだったはずだ」

「…………」

「なんとか言え」

反応しない僧侶に、小沢兵衛が切れた。

「小沢さんよ」

僧侶の口調が変わった。

「あの話は、こちらが違約金を支払い、そちらが受け取った段階でなかったことになったはずだ」

「…………」

今度は小沢兵衛が沈黙した。

「たしかに、金をもらっていながら、依頼をしくじったのは、こちらが悪い。だからこの武田法玄《ほうげん》が頭を下げ、倍額を払って詫びをした。これで手打ちとするのが、この稼業の決まり。おめえさんにも話をしたよな」

「…………」

小沢兵衛が黙った。

「これが最後だ。もう、ここに来るな。あの侍はこっちの敵になった。多田が傷を負わされた。許すわけにはいかねえ」

武田法玄が憤った。

「あいつは殺す。女は四肢《しし》を叩《たた》ききって抵抗できないようにしてから、散々辱《はずかし》めてくれるわ」

「怪我をしただけなのだろう、多田というのは」

武田法玄の気迫に押された小沢兵衛が要《い》らぬ一言を口にした。

「……だから、おめえは駄目なんだ」

氷のような目で武田法玄が小沢兵衛を見た。

「裏稼業は、だましだまされが当たり前。だまされた奴が馬鹿と笑われる。そんな闇を取り仕切るには、身内からの裏切りを出さないことが肝心なんだよ。敵が裏切るのは当たり前、やられたなら倍で返せばいい。だがな、味方に寝返られて見ろ。報復をしたところで、貴重な配下を失うことには違いない。己で己の首を絞めることになる。配下に裏切られるようじゃ、やっていけねえのさ。そして、配下を従わせるには、まず金、力、そして情よ」

「情……」

予想さえしていなかった言葉に、小沢兵衛が驚いた。

「配下のことを吾《わ》が子のように思い、一緒に笑い、ともに泣く。配下の痛みは、儂《わし》の痛みなのだ。子を傷つけられて怒らぬ親などあるまいが」

「…………」

あっさりと人の命を奪い、女を叩き売り、男を博打《ばくち》ではめる、人ではないことを平気でする連中の持つ強固な繋《つな》がりに、小沢兵衛はなにも言えなかった。

「そんなこともわからねえとはの。やはり藩の金を持ち逃げするのが精一杯の小悪党で終わりだな、おめえは」

「なんだと」

嘲《あざけ》られた小沢兵衛が気色ばんだ。

「…………」

本堂の襖《ふすま》が開いて、浪人が三人現れた。

「うっ」

無言で睨《にら》みつけてくる浪人たちに小沢兵衛の腰が引けた。

「生きているうちに帰《け》えれ。それとも儂に引導を渡されたいか。幸い、ここは寺だ。墓には困らないぞ」

話は終わったと武田法玄が、小沢兵衛に手を振った。

「今宵《こよい》七つ、寛永寺門前に瀬能が来る」

震えながら小沢兵衛が教えた。

「ほう。そいつはありがたい。一つ借りておく。いつか報いよう。南無阿弥陀仏《なむあみだぶつ》」

口調をもとに戻した武田法玄が、両手を合わせた。

「帰りやした」

小沢兵衛が出てしばらくしたところで、後を見送った山本伊助《いすけ》が本堂へ入ってきた。

「……そうか」

まじめに読経していた武田法玄が打ち切った。

「聞いていたな」

「へい」

確認した武田法玄に、山本伊助が首肯した。

「多田はどうだ」

「両足を斬られては、もう、使いものにはなりやせん」

山本伊助が首を横に振った。

「医者に診《み》せたか」

「黒庵《こくあん》先生の診立てで」

「藪《やぶ》とはいえ、あれも医者だ。たしかなことだな」

小さく武田法玄が嘆息した。

「これで三人……痛いの」

「……申しわけもございやせん。あっしが最初にきちっとやっていれば……」

山本伊助が本堂の床に手を突いた。

「ああ。女の顔を傷つけるだけの簡単な仕事だと舐《な》めた結果がこれだ。初手で二十四将の二人も出していればこうはならなんだろうよ」

「………」

責められた山本伊助が頭《こうべ》を垂れた。

「しかし、最初におまえに任せたのも、続けて高坂弾之丞《たかさかだんのじょう》と内藤熊之《ないとうゆうすけ》、土屋鷹吉《つちやようきち》の三人を向かわせたのも、儂じゃ。すべての責は儂にある」

「……お頭《かしら》」

山本伊助が感激した。

「残っているのは、二十人か。皆、ちゃんと禁足させてあろうな」

武田法玄が問うた。

「それが……」

山本伊助が口ごもった。

「どうした。申せ」

武田法玄が山本伊助を急《せ》かした。

「真田《さなだ》親子と原《はら》、板垣《いたがき》の四人と繋ぎが取れやせん」

身を小さくして山本伊助が報告した。

「真田親子は、箱根《はこね》だな。最近親の真田正隆《まさたか》が腰を痛めたと言っておった。湯治に行きたいともな」

「箱根でやすか。すぐに人をやりましょう」

山本伊助が言った。

「原は吉原《よしわら》ではないのか。あやつの女好きは病の域に達しているからの」

「へい。明日にでも吉原を探しまする」

「板垣は毎度のことだが……」

武田法玄が眉《まゆ》をひそめた。

「あやつのことは後回しだ。今度はしくじるな」

「承知しております」

命じられた山本伊助がうなずいた。

「何人、出しやしょう」

「二人で足りなかったのだ。倍の四人、いや、五人だ」

問われた武田法玄が指を立てた。

「人選は任せる」

「へい」
山本伊助が、本堂を後にした。

三

寛永寺《かんえいじ》は三代将軍家光が師僧天海《てんかい》大僧正の願いを受けて建立した徳川家の祈願寺であった。元号を寺号にいただき勅額《ちょくがく》を掲げる名刹《めいさつ》が、菩提寺《ぼだいじ》でなく祈願寺となったのは、すでに増上寺《ぞうじょうじ》という二代将軍秀忠の眠る菩提寺があったことと、寛永寺にはまだ将軍の墓地がなかったからである。

なにせ、己で建てておきながら、家光は寛永寺で眠らなかった。

家光は己ではなく弟を三代将軍にしようとした父母を嫌い抜き、同じ増上寺に葬られるのをよしとせず、敬愛する祖父家康の側《そば》に祀《まつ》られることを望んだ。

建てておきながら、墓地にしなかった。これは寛永寺に大きな衝撃を与えた。祈願寺として寛永寺には一万石という破格な寺領が与えられていたが、菩提寺の得る法要料には及ばないのだ。月命日、命日、年忌などのたびに幕府から増上寺へ莫大《ばくだい》な金額が納められる。だけではない。将軍家の機嫌を取りたい大名たちも、こぞって金や灯籠《とうろう》などを寄進してくれる。

祈願寺と菩提寺のどちらが上かという問題もあった。

寺の格としては、元号を冠している寛永寺が上になる。ただし、徳川家の先祖を預かる増上寺は、幕府から格別の扱いを受ける。

その二つを同時に解決する策があった。

寛永寺が将軍の墓所となることである。四代将軍家綱の墓所となれば、寛永寺も菩提寺になり、増上寺と同じ待遇を受けられる。

寛永寺はあらゆる手段を執って、家綱の墓所となった。

「馬鹿な……」

菩提寺は一つ。放っておいてもこちらにくると油断していた増上寺は啞然《あぜん》とした。

「前例に従うべきでございまする」

決まってから文句をつけても遅い。

家綱の棺《ひつぎ》は寛永寺に運ばれ、増上寺は盛大な葬儀に参加はできても、そこまでであった。

こうして寛永寺は名実ともに、関東一の名刹《めいさつ》となった。

その寛永寺の山門に数馬と村井が立っていた。

「刻限は告げたな」

村井が数馬に問うた。

「もちろんでございまする」

「遅い。すでに七つの鐘は鳴ったぞ。少し前に来て、待っておるべきだろう」

「……ご家老。もう、小沢は当家の者ではございませぬ」

憤慨《ふんがい》する村井に、数馬が言った。

「そうではない。人としての心構えを申しておる。他人と待ち合わせをするのだ。相手を待たせるようでは気遣《きづか》いが足りぬ。そのような者に留守居役など務まるはずはなかろう。まったく、誰があやつを留守居役に推したのだ」

村井が不満を口にした。

「先代の横山どのでござる」

そこへ小沢兵衛が現れた。

「…………」

聞かれていたとは思わなかったのだろう。村井が黙った。

「少々遅くなりました。急なお求めであったのでやりくりに手間取り申した。お許し願いたい」

三間（約五・四メートル）ほど離れたところで小沢が足を止めて、頭を下げず、形だけの詫《わ》びを言った。

「いや、こちらこそ、お呼びだてをいたした。よく応じてくださった」

村井がやはり口だけで感謝した。

「…………」

白々しい遣《や》り取《と》りを数馬はただ見ていた。

「さて、互いに忙しい身でござる。早速お話をさせていただきまする」

「結構でござる」

村井の申し出を小沢兵衛が了承した。

「当家に対する手出しをご無用に願おう」

ちらと村井が数馬を見た。

「なんのことかわかりかねまする」

小沢兵衛がとぼけた。

「次に……」

もとより認めるはずはないとわかっている。これは次から藩をあげて対応するぞという意思表示でしかない。そのために江戸家老という地位にある村井が出てきたのだ。

「…………」

あっさりと流されたことに、小沢兵衛が目を大きくした。

「この寛永寺さまの改築普請でございますが」

「……それがなにか」

途中で言葉を止めた村井に、小沢兵衛が先を促した。

「当家を外したところで交渉がなされておりまする。それはご老中さまとして公平さを欠くのではございませぬか」

村井が小沢兵衛を睨みつけた。

「なんのことでござる」

小沢兵衛が首をかしげた。

「とぼけるのは、一度だけにお願いしたい」

きつい口調で村井が要求した。

「そんな話は殿より伺っておりませぬ」

本当に知らないと小沢兵衛が否定した。

「ほう。貴殿は堀田さまの留守居役だと思っておりましたが、違いましたか。他の留守居役の方々が、仙台や薩摩《さつま》、熊本などのお方と毎夜のように会っておられるのをご存じないとは」

村井があくまでもとぼける気だなと追及した。

「瀬能……」

小沢兵衛が数馬に助けを求めた。

「拙者は会津に出ていて詳細を知らぬが、そのような話は聞いている」

数馬はどこからの情報かを言わなかった。

「貴殿は、同役と話をされぬのかの」

村井が小沢兵衛に尋ねた。

「…………」

小沢兵衛が黙った。

「一度お確かめあれ」

「…………」

諾否《だくひ》を小沢兵衛はあきらかにしなかった。

「あと、これは殿からのご要望でござる。堀田備中守さまへ直《じか》にお伝え願いたい」

「なぜ拙者を通じてだ。使者を出し、上屋敷を通じて話をするべきだ」

小沢兵衛が手順が違うと非難した。

「先日の密談の続きをお願いしたい」

「それは……」

村井に言い切られた小沢兵衛が詰まった。

前田綱紀と堀田備中守正俊《まさとし》は、一度余人を交えずに密談をした。その場所として妾宅を提供したのが小沢兵衛であった。すでに小沢兵衛というか、堀田家が了承したうえで、慣習を破っているのだ。前例ができてしまっている。

「噂《うわさ》が出ても困りましょう」

「脅すおつもりか」

前田綱紀と堀田備中守が、人知れず会っていたという噂が流れれば、吾《われ》も吾もと望む大名、役人が出てくる。

前の大老酒井雅楽頭《うたのかみ》忠清に代わる新しい権力者として名乗りをあげた堀田備中守と話をしたいと願っている者は多い。もし、前田綱紀との密談があったとわかれば、それこそ堀田家の門前は収拾がつかないことになる。

「五代将軍の座を巡っての争いで、酒井雅楽頭さまの罠《わな》にはまったとはいえ、主《あるじ》加賀守は上様と対峙《たいじ》いたしました」

しっかりと責任を酒井雅楽頭に被せ、前田綱紀の意思ではなかったと村井は述べながら続けた。

「対して堀田備中守さまが一人で酒井雅楽頭さまに戦いを挑まれ、上様をお助けになられた」

「なにがおっしゃりたいのでござろう」

要点を言えと小沢兵衛が急かした。

「敵同士が、密かに会う。世間は、どう取りましょう。いや、世間などどうでもよろしいな。上様がどのようにお考えになられますか」

「つっ……」

村井の発言に、小沢兵衛の顔色がなくなった。

「上様は賢君であらせられる。学においてはかの林大学頭《はやしだいがくのかみ》をこえられるとか。その上様が信頼なされている堀田備中守さまが……」

わざと最後まで村井は言わなかった。

三代将軍家光の息子で唯一生き残っている己の名前が将軍継嗣《けいし》として出なかったことで、綱吉は幕府の執政たちを信用していない。唯一、奇策をもって己を五代将軍とした堀田備中守だけを頼りにしている。その堀田備中守も、己に隠しごとをしているとわかったならば、綱吉がどう出るか。堀田備中守の未来《さき》に暗雲が立ちこめかねない。

「きさま……」

小沢兵衛が、村井に迫った。

「堀田備中守さまが執政を降りられたら、おぬしはどうなるかの」

目の前に来た小沢兵衛に、村井が笑った。

「老中でなければ、加賀をどうこうする意味もなくなる。そなたは不要になるだろうな」

村井が小沢兵衛をそなたと呼んだ。

「堀田家の庇護《ひご》がなくなったら、加賀は遠慮なく動くぞ」

小沢兵衛を上意討ちすると村井が宣言した。

「…………」

小沢兵衛が力なく、村井から離れた。

「猶予《ゆうよ》は二日。殿がお国入りのお暇乞《いとまご》いをするために登城するまで。そのとき、堀田備中守さまからお返事がなければ……わかっているだろうな」

「……失礼する」

小沢兵衛があわてて去って行った。

「……ふうう。どうにかなったか」

大きく村井が息を吐《つ》いた。

「いや、じつにお見事でございました。留守居役をなさったことがおありでしょうか」

一気にたたみかける村井の交渉術に、数馬は感心していた。

「あほう。こんなことを留守居役がやってみろ。翌日には留守居組から八分を喰《く》らうわ」

村井が数馬を叱《しか》った。

「うまい交渉というのは、相手側の言いぶんも呑《の》んだように見せて、納得のうえこちらの提案を受け入れさせることだ。さきほどのようなまねをしてみろ。相手に敗北感しか与えていないのだ。しっかり反発されてしまう。留守居役は、こちらの要求を相手に受け入れさせるだけが仕事ではない。どれだけ、藩によい印象をもってもらうかが本当の任である」

「気づきませせず。未熟恥じ入りまする」

「先ほどの話は、相手が小沢だからこそ通じる。当家への後ろめたさと、命の危険があるからな。二度はないと思え」

「心いたしまする」

村井の説教を数馬は頭《こうべ》を垂れて受け入れた。

「いい加減、慣れろ。留守居役は攻めの役目ではない。五年先、十年先を見据《みす》えつつ、今を守るものだと知れ。留守居役の一言が、藩を揺るがすときもある」

さらに村井が数馬を諭《さと》した。

「日がかなり陰ったな。帰るぞ。疲れた」

「はっ」

村井の指示に、数馬は応じた。

四

「お先に立ちまする」

数馬が村井を守るように前へ出た。

寛永寺は上野の丘にある。寛永寺の山門の前から、本郷《ほんごう》へ向かうには坂を下っていくことになる。

「ちょっと待ってもらおうか」

西日を背負った男が三人、数馬たちの前を塞《ふさ》いだ。

「なにやつじゃ。我らを加賀前田家の者と知ってのうえか」

村井が誰何《すいか》した。

「あやつか」

中央に立つ浪人が、数馬を指さした。

「軍師どのからは、そう聞いておりますな」

左を占める白髪の目立つ初老の茶人風の町人が応じた。

「まだ尻の青い若者ではないか」

右を押さえている大柄な浪人が嘲弄《ちょうろう》した。

「何者だと訊いておる」

もう一度村井が問うた。

「新二十四将といえば、わかるだろう」

中央の浪人が名乗らずに言った。

「瀬能……」

「先夜の曲者《くせもの》の仲間でございましょう」

尋ねるような村井に、数馬がうなずいた。

「お下がりを」

数馬が前に出た。

「多田を傷つけたくらいで、我らに刃向かうとは、ものを知らぬというのは強いな。多田など二十四人のなかで下から数えたほうが早いていどであるぞ」

中央の浪人があきれた。

「無知蒙昧《むちもうまい》は度しがたしというやつでござろう」

十徳を身につけた茶人風の老人が首を横に振った。

「なんでもいい。さっさと片付けようぞ。勝利の美酒を妓《おんな》とともに早く味わいたい」

大柄な浪人が勇んだ。

「…………」

無言で数馬は太刀を抜いた。

「三枝《さえぐさ》、第一陣を任せる。穴山《あなやま》老は後ろの男を片付けていただきたい」

中央の浪人が指揮をした。

「おうよ」

「承知いたしてござる」

命じられた二人が、前に出た。

「二十四将、三枝、穴山……武田二十四将になぞらえているのか」

村井が気づいた。

「新二十四将だ。武田信玄の五世の子孫にあたる法玄さまを守り、敵を屠《ほふ》る者だ」

大きく中央の浪人が胸を張った。

「………」

なんとも言えない顔で村井が中央の浪人を見た。

「……瀬能、相手は三人だぞ。大事ないのか」

とはいえ、相手はこちらよりも多勢である。村井が不安そうな声を出した。

「三人……まちがえては困るの。後ろを見よ」

小さな笑いを浮かべながら、中央の浪人が顎《あご》を動かした。

「……後ろ……いつの間に」

振り向いた村井が絶句した。後ろ五間（約九メートル）ほどのところに二人の浪人が立っていた。

「山門を出たところから付けてきておりました」

気づいていたと教えることで、村井を落ち着かせようと数馬は口にした。

「気づいていたならば、なぜ、言わぬ」

荒事の経験がない村井がより慌《あわ》てた。

「挟まれる前に道をそれるなり、その辺りの屋敷に助けを求めるとかできたであろう」

村井が数馬に怒った。

「一本道でそれるところはございませなんだ。それに助けを求めるなどすれば、お家の名前に傷が付きまする」

数馬は理不尽な叱責に反論した。

武家は力こそ誇るべきである。その武家が怪しい者に追われていると逃げこめば、加賀藩士は弱いという悪評を生む。どころか、屋敷の主に藩主前田綱紀から礼を言わなければならなくなる。そのうえ、借りを作ることにもなった。

「むううう」

藩主に頭を下げさせる。家臣としてもっとも避けるべき事態であった。それこそ、この場は助かっても、後日腹を切らなければならなくなりかねない。

村井が唸《うな》った。

「いい判断だ」

中央の浪人が数馬を褒《ほ》めた。

「一つ訊くが……」

囲まれたと知っても動揺しない数馬に、中央の浪人が問いかけた。

「先日、内藤《ないとう》と高坂《たかさか》、土屋《つちや》の三人を倒したのも、おぬしか」

「……内藤、高坂と土屋」

数馬は首をかしげた。佐奈と石動庫之介から襲撃者を尋問して名前まで訊きだしたとは聞いていなかった。

「本当に知らぬようでござるぞ。山県《やまがた》どの」

穴山が中央の浪人を見た。

「では別口か。あるいは、報告を受けていないかだな」

山県と呼ばれた中央の浪人も認めた。

「まあいい。三人をやったというならば、一度で片付くから楽だと思っただけ。違うなら違うで、小幡《おばた》や典厩《てんきゅう》らに任せればいい。続けて出撃はないのが慣例」

山県が述べた。

「いや、気を削《そ》いですまなかったな。三枝。いつでもいいぞ」

「おうよ。三枝守矢《もりや》、先陣承《うけたまわ》ったあ」

三枝が太刀を大上段に被《かぶ》って、前へ出た。

「一々、名乗りをあげねばならぬのか」

数馬はあきれた。

「戦場だ。誰の手柄かをはっきりせねばなるまい」

「この泰平の世に、時代遅れも甚《はなは》だしい」

青眼《せいがん》の構えを大柄な三枝に合わせて、数馬は高青眼に変えた。

「村井どの、私の右へ」

穴山という敵からの盾《たて》になるべく、数馬は村井を壁際《かべぎわ》へと避難させた。

「すまぬ」

白刃を見た村井が、萎縮していた。

「おや、雛《ひな》のように隠れましたか」

静かに近づいてきていた穴山が、残念そうに足を止めた。

「三枝どのがあなたを仕留めた後といたしましょう」

穴山が手にしていた匕首《あいくち》を鞘《さや》に戻した。

「飯富《おぶ》、小山田《おやまだ》、手出しするな。こいつは、拙者の獲物だ」

三枝が数馬たちの背後に迫っていた二人に告げた。

「山県どの、よいのか。お館さまのご命は、確実に仕留めろとのことだったが」

一人の浪人が異を唱えた。

「小山田、三枝は二十四将に入ったばかりで手柄が欲しいのだろう。三枝が仕留めきれなかったときは、一斉にかかる。それで我慢してやれ」

山県が宥《なだ》めた。

「いたしかたなし」

説得を受けた小山田が退いた。

「三枝、待たせるなよ」

小山田がさっさとすませろと言った。

「やあああ」

大上段から、三枝が力一杯太刀を振り落とした。

「ひっ」

村井が小さな悲鳴をあげるのを聞きながら、数馬はまっすぐ太刀を突き出した。

「ぬん」

まっすぐの突きは、正面からの間合いが摑《つか》みにくい。

「わっ」

喉《のど》目がけてくる切っ先の鋭さに驚いた三枝が、途中で後ろへ退いた。

「情けない」

「恥だ」

山県と小山田が目を覆《おお》った。

「いや、すまぬ。つい緊張でな」

三枝が言いわけをした。

「もういい。さっさと片付ける。三枝、そなたの出番は終わりだ」

山県が太刀を抜いた。

「小山田、よいか」

「そんな……」

手柄を立てる機を奪われ、肩を落とす三枝を放置して、山県が問うた。

「いつでも」

「よいぞ」

数馬を後ろから狙っていた小山田と飯富が首肯《しゅこう》した。

「では……ぐえっ」

間合いを詰めようとした山県が、苦鳴を発して崩れた。

「えっ……」

「なにがっ」

不意打ちに一同が呆然《ぼうぜん》とした。

「やあああ」

そんな隙《すき》を数馬は見逃さなかった。

身体《からだ》を半分よじって後ろで倒れた山県に気を持っていかれていた三枝の首を数馬は撃った。

「ひゅううう」

首の血脈を断たれた三枝が、溢《あふ》れる血とともに命を失う独特の悲鳴をあげた。

「そやつは任せた」

「承知」

山県を刺した石動庫之介がうなずいた。

「な、なぜ、援軍が」

穴山が恐慌に陥っていた。

「殿を襲ったのは、おまえらだろう。その直後の外出に、警固が付かぬなどありえまいが」

血刀を下げた石動庫之介が穴山へ近づいた。

「く、来るな」

急いで穴山が匕首を抜いて、逆手に構えた。

「ここは戦場らしいの。では、名乗ろう。瀬能数馬が家臣石動庫之介参る」

石動庫之介の剣は、戦場で発生した実戦剣術の介者《かいしゃ》剣法である。

「わああ」

匕首を右手で握り、身体ごとぶつかってくる穴山など、一刀であった。

「得物《えもの》の刃渡りを考えろ」

太刀と匕首では刃渡りに三倍からの差がある。

石動庫之介は、穴山の匕首が届く前に、その首を刎《は》ねた。

「…………」

喉《のど》を割かれた穴山が声もなく死んだ。

「いきなり後ろからとは卑怯《ひきょう》なり」

飯富が数馬を非難した。

「闇討ちをしかけた輩《やから》には言われたくないな」

数馬は言い返した。

「同時に行くぞ」

「合わせる」

小山田と飯富がちらと目で機を計った。

「りゃああ」

「わあああ」

二人が大口を開けて叫んだ。

「…………」

左右からかかってくる二人を比較した数馬は、わずかに小山田が早いと見抜いた。人の身体は顔が皆違うように、肉や筋の付きかたに差がある。筋が多ければ力は出るが、速さを失う。また剣術の素養の差も影響した。

つまりどれほど同じようにしても、遅速は生まれる。

「おうよ」

数馬は右からかかってくる小山田へ身体を寄せ、太刀を受け止めた。さらに刃《やいば》と刃の滑りを利用して右へと身体を流す。

こうすることで、数馬は小山田を左から斬りかかってきた飯富の盾《たて》にした。

「こいつっ」

「危ないっ」

小山田が憤慨し、急に一撃を止めた飯富が体勢を崩した。

なにせ数馬一人を目標にしていたのだ。二人の距離はないにひとしい。小山田の背中に斬りこまなかった飯富を褒めてよい状況であった。

二人がぶつからなかったことに安堵《あんど》した瞬間を数馬は突いた。

「おうやあ」

数馬は鍔迫《つばぜ》り合《あ》いの状態から、片足をあげて小山田を蹴り飛ばした。

間合いのない戦いと言われる鍔迫り合いは、互いの力で押し合うことになる。普段の鍔迫り合いで、片足を地から離せば、重心が不安定になり、そこを押されて負けになる。

だが、今は違った。飯富との交錯に気を配った小山田は、数馬の動きを見抜けなかった。

「ぐはっ」

下腹をしたたかに蹴り飛ばされた小山田が後ろに吹き飛んだ。

「なんだ」

体勢を立て直そうとした飯富に、小山田を支える余裕はなく、その身体をまともに喰《く》らって転んだ。

「このおお」

飯富の身体を壁代わりにして、転ぶことは避けられた小山田が憤慨した。

「遅いわ」

「ま、待って……」

すでに数馬は一間（約一・八メートル）まで迫っていた。

「くらえっ」

焦《あせ》って手をあげた小山田の胸へ、数馬は薙《な》ぎを放った。

「ぎゃあああ」

肋骨《ろっこつ》と肋骨の間を切っ先に開かれた小山田が絶叫した。

「……がっ」

その悲鳴が止まった。数馬の太刀が小山田の心臓に届いた。

「ひいい」

たちまち一人になった飯富が腰を抜かした。

「刀を捨てろ。でなければ斬る」

数馬は飯富の鼻先に太刀を突きつけた。

汚いものを捨てるように、飯富が太刀を放り投げた。

「あわっ」

「さて、おまえたちの頭領はどこにいる」

太刀をそのまま見せつけながら、数馬が問うた。

「それは言えぬ」

はげしく飯富が首を横に振った。

「お館さまのことを漏らしたら、殺される」

飯富が強く拒んだ。

「殿」

石動庫之介が目配せをした。

「そうか。では死ねと言いたいところではあるが、抵抗せぬ者を斬るのはいささか気が重い。もう一度刀を握るというならば、遠慮なくできるのだがな」

「二度と刃向かわぬ。約束する」

飯富が必死で誓った。

「しかし、生かして帰せば、またぞろお館とかいう者のところに戻り、またやってくるのだろう」

「いや、もう戻らぬ。江戸からも去る。だから、見逃してくれ」

助けてくれと飯富が願った。

「二度と人を斬らぬな」

「約束する」

助かる方向になってきたと、飯富の声が少し落ち着いてきた。

「ならば両刀は要るまい。置いていけ」

「えっ……」

数馬の指示に飯富が啞然とした。

主君を持たぬ浪人は幕府の規定において庶民である。これは主君から禄《ろく》をもらっていない者は侍ではないという考えに拠《よ》る。侍でなければ両刀を差すどころか太刀を持つことさえ許されていない。

しかし、浪人は堂々と両刀を帯びている。これは、浪人とは主君を探している者と幕府は認識しているからであった。ただ、ここに問題があった。

武士の主君は武士である。武士の頂点たる将軍も武士であり、大名もそうだ。主君とは武士でなければならない。しかし、それだけで区切れなかった。武士には朝廷に仕える禁裏武士、公家に仕える公家侍、寺社に仕える寺侍など、主君が武士でない者がいる。これを庶民とすることはできなかった。なにせ、武士は公家や朝廷の荘園を盗賊から守る侍から始まっている。

では、町人が主君という場合どうするか。帳面付けをしている浪人、用心棒として商家に雇われている浪人、道場で師範代を務める浪人など、江戸だけでなく、各地に多い。

これらも極論すれば、禄をもらって仕えていると言えなくもない。だが、これを幕府は認めていなかった。武士が身分の低い町人に仕える。認めてしまえば、身分や格式が崩壊してしまう。泰平が長く、武家の内証《ないしょう》は逼迫《ひっぱく》しはじめている。大名や旗本に仕える陪臣のなかには、年間三両一人扶持《ぶち》という喰いかねる禄しか与えられていない者もいる。対して日本橋の大店《おおだな》などで帳面付けを手伝っている浪人には、年間十数両もらっている者も少なくはない。

武家のなかには、禄の多さで互いの格を決めるという暗黙の了解がある。もし、町人相手でも金をもらって長期の雇用を受けている者を武士とすれば、ここにややこしい事態が生じてしまう。

えてして政《まつりごと》をする者は、面倒なところを曖昧《あいまい》にしたがる。

こうして浪人は、庶民ながら両刀を差すことができた。

もちろん、これは黙認である。もし、町中で刀を振り回すようなまねや、刀を脅しに使っての押し借りなどすれば、町奉行所に捕まり、町人として裁かれた。

「どうした。さっさと捨てろ」

止まった飯富を数馬が急かした。

「刀を売って金にしたい。旅費がなければ、江戸から出られぬ」

飯富が理由を口にした。

「瀬能、もうよかろう。屋敷へ戻らねばならぬ。そなたは留守居ゆえ門限はないが、儂は六つ（午後六時ごろ）までに帰っておかねば、示しが付かぬ」

これ以上の手間はかなわないと村井が要望した。

「わかりましてございまする」

上役の言葉を拒めば、後々まずいことになる。

「そのままの姿勢で、二間（約三・六メートル）下がれ。さすれば去っていい」

刀を引かずに数馬が言った。

「太刀を拾っていいか」

「だめだ。脇差《わきざし》だけで我慢しろ」

手を伸ばしかけた飯富に数馬が太刀を閃《ひらめ》かせた。

「わかった。わかった」

あわてて手を引っ込めた飯富が数馬から離れ、立ちあがるなり脱兎《だっと》のごとく駆け出していった。

「お待たせをいたしましてございまする」

「いや、助かった」

詫びた数馬に、村井が礼を返した。

「行くぞ」

今度は村井が先頭に立った。

「殿……」

すぐ後ろに付いた石動庫之介が、小声で数馬に話しかけてきた。

「さきほどのあやつだろう」

「はい。まちがいなく頭目のところへ帰りましたでしょう」

石動庫之介が懸念を口にした。

「また来るだろうな」

「…………」

無言で石動庫之介が同意した。

「それよりも、庫之介」

「お怒りはお長屋に戻りましてから、お受けいたしまする」

数馬の言いたいことを悟った石動庫之介が猶予《ゆうよ》を求めた。

五

無事に屋敷へ戻った数馬はまだ解放されなかった。綱紀への報告に同行しろと村井から命じられたのだ。

「先に長屋へ帰って、夕餉《ゆうげ》の用意と風呂を頼む」

瀬能家の家士で陪臣の石動庫之介は綱紀の前に出ることができない。

数馬は、石動庫之介に用を言いつけた。

「お待ちいたしております る」

隠しごとを話すと石動庫之介が言い、長屋へと向かっていった。

「よい家士であるな。剣術をあれだけ遣《つか》える者は、上屋敷にもそうそうおるまい」

村井が褒めた。

「はい。代々仕えてくれるよき臣でございまする」

吾《わ》がことのように数馬は喜んだ。

「直臣に取り立てることもできるぞ」

村井が石動庫之介を藩士にしてもいいと言った。

「それは……」

数馬は返答できなかった。

長く共にいた石動庫之介に数馬は絶対の信頼をおいている。今は独り者だが、国元に帰る日が来れば、嫁を世話してやりたいと考えるほど気に入っている。

その石動庫之介が直臣になる。陪臣から直臣は大出世である。

石動庫之介の幸運を喜びたいと思いつつ、手放したくはないと強く念じる。数馬はなんともいえない気持ちであった。

「当人の意見もある。相談しておけ。いつでもよい。儂にいえ。最初は与力からになるが、いずれは平士格まで引きあげてくれる」

「お気遣いに感謝をいたしまする」

それしか数馬は言えなかった。

「帰ってきたか」

綱紀は奥へ入らず、二人を御座の間で待っていた。

「ご苦労であった。首尾はどうであった」

まずねぎらってから、結果を問う。綱紀は主君として十分な素養を持っていた。

「無事、ご命を果たしましてございまする。お暇乞いの後になりましょうが、堀田備中守さまとお話しできるはずでございまする」

村井が報告した。

「そうか。重畳《ちょうじょう》である。瀬能もよく村井を助けた」

綱紀が二人を褒めた。

「いえ。わたくしではなく、すべて村井さまがなされましたこと」

数馬が首を横に振った。小沢兵衛との交渉では、数馬はまったくの役立たずに近かった。功績を誇る気にはなれなかった。

「殿、もう一つお耳に入れなければならぬことがございまする」

村井が綱紀を見上げた。

「申せ」

綱紀が促した。

「小沢との交渉が終わり、帰邸の途中……」

襲われた話を村井がした。

「……やはり出てきたか」

綱紀が数馬へ目を移した。

「瀬能、寛永寺山門での待ち合わせを誰かに話したか」

「家臣の石動庫之介と小沢だけでございまする」

問われた数馬が答えた。

「家臣は大事ないな。となるとやはり小沢だな」

「はい。小沢から漏れたとしか考えられませぬ」

村井も同意した。

「漏れたのではなかろう。小沢が告げたと見るべきだ」

綱紀はより小沢兵衛が主体であろうと言った。

「出てきたのはやはり武田二十四将を気取る浪人か」

「一人だけ茶匠《ちやしよう》のような老人がおりました」

確認した綱紀に、村井が告げた。

「ふむ。浪人だけではない……」

綱紀が目を閉じて思案に入った。

「狙いは当家ではなさそうだな」

「はい。おそらく瀬能かと」

綱紀と村井が、数馬へ顔を向けた。

「申しわけございませぬ。ご迷惑をおかけいたしました」

数馬は手を突いた。

「責任を感じずともよい。そなたに落ち度はない。今回はな」

綱紀が否定した。

「たしかに、今回だけは瀬能に問題はございませなんだ」

「…………」

二人から今回とは強調された数馬は鼻白んだ。

「男がすねてもかわいくないぞ」

綱紀が笑った。

「叱られるべきは、そなた以外の留守居役どもだ。いかに小沢のおかげで留守居役どもが非難を浴びたとはいえ、その顔を見たくないなどとの理由で新参の瀬能に対応を押しつけた。そのしわ寄せだ」

笑いを消して綱紀が断じた。

「誰か、ある」

「これに」

御座の間の外で控えていた小姓が応じた。

「留守居控《ひかえ》を見てこい。六郷がおれば呼んで参れ」

「はっ」

「すでに日が落ちておりまする。まず六郷はおりますまい」

村井が小走りに駆けていった小姓の背中を見送りながら口にした。

「わかっておる。そなたたちの報告を受けてすぐに呼びだしを掛けたという事実が大事なのだ。後に回すと、六郷もさほどの大事とは感じないだろう。小沢兵衛が留守居役の立場を利用して私腹を肥やしていたことに気づいていなかった……知っていて見過ごしていたのかもしれぬが……のを含めて、最近緩んでおる。今回のお手伝い普請の話も、余が出るような事態にならぬようにせねばならぬ。それが留守居役であろう」

綱紀が怒っていた。

「仰せのとおりでございまする」

村井も賛同した。

「瀬能を留守居役にしたことで、あやつらの怠慢《たいまん》が浮き彫りになった。これが爺《じい》の狙いであったか」

「本多翁《おう》のなさることでございまする。若い瀬能を留守居役にと押しこんで来られたときに、なにかあるとは思いましたが……遠い国元から江戸を見ているとは」

綱紀と村井が感心した。

「…………」

釣りの餌《えさ》だと言われたに等しい。数馬はますます気分を落ちこませた。

「男のすねるのはかわいくないが、一人前の武士が肩を落とすのは不愉快だ」

綱紀が数馬を叱った。

「申しわけもございませぬ」

「謝るな。そなたは立派に藩の役に立っている。胸を張れ」

「はい」

主君に慰められてしまえば、落ちこんではいられない。気分は晴れていないが、数馬は顔をあげた。

「留守居役、どなたもおられませぬ」

小姓が戻ってきて復命した。

「そうか。大儀であった」

綱紀が小姓を去らせた。

「村井、明日、六郷を呼び出し厳しく叱っておけ。留守居役はどうしても遊興がつきまとう。内証逼迫の折から留守居役への風当たりも強い。使った以上の成果を出しているからこそ黙認されている。それを念押ししておけ。まちがえても第二の小沢を出すなとな」

「承知いたしましてございまする」

村井が引き受けた。

「瀬能、下がってよい。まもなく参勤だ。そなたは供に入っておるのだろう。しっかりと用意をいたせ」

「はい。お供をさせていただきまする」

問われた数馬が答えた。

「ご苦労であった」

綱紀のねぎらいを数馬は平伏して聞いた。

長屋へ帰った数馬を石動庫之介と佐奈が緊張した面持ちで待っていた。

「まことに……」

「殿のご気分を害したくないと申し上げませんでした。先日襲ってきました者を……」

詫びかけた石動庫之介を制して佐奈が実態を語った。

「尋問したか」

「はい」

佐奈がうなだれた。

尋問というより拷問《ごうもん》だったのだろうなと数馬は推測していた。

「殿、あれはやむを得ぬものでございました」

石動庫之介が佐奈を庇《かば》った。

「わかっておる。佐奈を責める気はない」

数馬は落ち着けと石動庫之介を押さえた。

「国元に申しまして、交代をいたしまする」

佐奈が辞任を申し入れた。

「不要である」

数馬は交代しなくていいと言った。

「ですが……」

拷問をするような女を妾にしたい男はいまい。

「そなたなればこそ信じておると昨夜申したな」

「…………」

佐奈が泣きそうな顔をした。

「ただし、これからはなにがあっても報《しら》せよ。よいな」

「はっ」

「重々承知いたしましてございまする」

命じた数馬に、石動庫之介と佐奈がうなずいた。

「……武田法玄とは何者だ。佐奈の聞き出したところによると、小沢の妾宅近くの寺に住まいしているようであるが……」

数馬は腕を組んだ。

「江戸の闇の一つかと」

佐奈が告げた。

「江戸のであれば、参勤に出てしまえば縁が切れる……それほど甘くはないか。さすがに参勤行列を襲うほどのことはできまいが……」

数馬が苦い顔をした。

「庫之介、頼むぞ。十分な警戒をな」

参勤行列になにかあっては大事である。

「お任せを」

石動庫之介が応じた。

第三章　暇乞《いとまご》い

一

加賀《かが》藩主前田加賀守綱紀《つなのり》は、帰国の暇乞《いとまご》いをするため、行列を仕立てて江戸城へと登った。

「…………」

百万石といえども、江戸では触れの声を出さない。これは江戸城下は将軍のものであり、家臣に過ぎない前田綱紀が、その民たちへ強権を発動できないからであった。

金沢城下や領国でのように「寄れ、寄れ」と供先を整理することもなく、静かに行列は進み、大手門《おおてもん》前広場で止まる。そこで綱紀は行列と分かれた。

国持ち大名である加賀藩前田家は、大手門を乗りもののまま通れた。といったところで、供する者は侍六人、草履《ぞうり》取り一人、挟《はさ》み箱《ばこ》持ち二人と陸尺《ろくしゃく》四人の合わせて十三人だけになる。

「ご苦労に存ずる」

駕籠に乗ったままでいいとはいえ、扉を閉めたままで大手門を通るわけにはいかなかった。

前田綱紀は駕籠の扉を開けて顔を見せつつ、大手門を警衛する幕府番士たちに頭を下げる。このとき、あまり深々と礼をするわけにはいかない。

大名と旗本、共に将軍の家臣で同格ではあるが、官位が違う。前田家は正四位左近《さこん》衛権中《えのごんちゅう》将《じょう》に朝廷から補されている。無位無冠、あるいはせいぜい従六位の下の諸大夫でしかない旗本にへりくだるのはまずい。

相手にわかるていどに軽く頭を下げるのがこつであった。

大手門を過ぎ、少し行くと下乗橋《げじょうばし》がある。この先、駕籠のまま進めるのは御三家、日光門主、格別の思《おぼ》し召《め》しをもって輿を許された者だけになる。

ここで駕籠から降りた綱紀は陸尺らを残し、侍三人、草履取り一人、挟み箱持ち一人だけを連れて、大手三の門、中の門、中雀門《ちゅうじゃくもん》を通過、玄関へと至る。

「加賀さま、お上《のぼ》がり」

玄関で待っていたお城坊主が大声で前田綱紀の到着を報《しら》せる。

「うむ」

鷹揚《おうよう》にうなずいた綱紀は、お城坊主の案内で殿中席である大廊下下段の間へと向かう。

多くの大名が揃《そろ》う式日登城ではなく、帰国挨拶《あいさつ》のための登城で、すでに将軍へ報せてはあるが、すぐに会えはしない。

綱紀は、決められた席で、呼びだしがあるのを待たなければならなかった。

「おう、加賀どのではないか。どうなされた。ああ、お暇乞いでござるな」

大広間上段襖際《ふすまぎわ》に座っていた水戸《みと》徳川左近衛権少将《ごんしょうしょう》綱條《つなえだ》が手を上げた。

「少将どのは、連日でございまするか」

「連日ではないがの。屋敷におってもさほど忙しいわけでもなし。定府の家柄ゆえ、参勤もないしな」

暇つぶしだと徳川綱條が笑った。

御三家のなかで水戸徳川家だけは、参勤交代をせず、当主は年間を通じて江戸に在した。

これは水戸徳川家が旗本頭《がしら》とされていたからであった。

旗本頭とは、その名のとおりの役目である。いざというとき、将軍に代わって旗本全体を指図するには、参勤交代をしていてはまずい。

これは表向きの理由とされ、そのじつは三代将軍家光《いえみつ》が、歳の近かった叔父である初代水戸徳川頼房《よりふさ》を気に入り、側から離したくないと武家諸法度ができたとき例外に指定したからだと言われていた。

実際、頼房は家光に呼び出され、日をおかず登城していた。

それを前例として、水戸家の当主は総登城や式日にかかわりなく登城し、将軍のお召しに応じるようになった。

尾張《おわり》徳川や、紀州《きしゅう》徳川の御三家二つ、二代将軍秀忠の兄結城《ゆうき》秀康《ひでやす》を祖とする越前松平《えちぜんまつだいら》家ら、大廊下に席を与えられている他の大名は、決められた日以外は登城できない。勝手登城は重罪であり、御三家といえども厳しく咎《とが》められる。

今、大廊下にいるのは、水戸の綱條と暇乞いのために登城した綱紀の二人だけであった。

「もうご準備は整われたかの」

讃岐《さぬき》高松藩から水戸家へ養子に入った綱條は、誰に対してもていねいである。十三歳上の綱紀にはとくに気を遣《つか》ってくれていた。

「はい。あとはお暇乞いをするだけでございまする」

いかに歳上とはいえ、相手は御三家の水戸家、綱紀は丁重に答えた。

「加賀どのの参勤は見事だと聞きまする」

綱條が水を向けた。

「人数が多いだけでございまする」

綱紀が苦笑した。

参勤交代は戦時の軍移動に準ずる。当たり前だが、抱えている家臣の数が多いほど、行列は長くなる。徳川本家を除いて最高の石高を誇る前田家の行列が、天下一になるのは当然であった。

「どのくらいになられるかの」

興味深げに、綱條が問うた。

「今回はいつもより江戸を発《た》つのが遅れましたので、いささか早足で帰ろうかと思っておりまして、普段より供も少なくいたすつもりでございまする」

綱紀が事情を先に話した。

「詳細は家老どもに任せておりますのでわかりませぬが、三千は割るかと」

「三千……でございまするか。それは多い」

聞いた綱條が驚いた。

「例年ならば四千近くほどおりますので」

かなり減らしたと綱紀がもう一度言った。

「さすがは百万石の加賀どのでござるな」

綱條が感心した。

「……………」

綱紀は黙って微笑《ほほえ》むに止《とど》めた。

参勤交代は、大名にとって負担でしかなかった。幕府が大名たちから財力を奪い、忠誠心を植え付けるために始めたのが参勤交代である。

わずか十日から十三日ほどの旅程とはいえ、格式に応じた行列を仕立てて江戸から金沢へ帰るだけで、三千両からの旅費がかかる。

そこに領地を通過する大名への挨拶、暇乞いをする将軍や老中などへの気遣いを合わせると費用は五千両に届く。

じつに一万石分の年貢を毎年、浪費しているにひとしい。

綱紀からすれば、定府で参勤交代の義務を免じられている水戸家がうらやましかった。

「加賀さま」

さらに二人で談笑しているところへ、お城坊主が呼びに来た。

「あいわかった」

お城坊主へ首肯《しゅこう》して見せた綱紀は、綱條に頭《こうべ》を垂れた。

「では、つぎにお目にかかるは来年の春でございまする。どうぞ、お健やかにお過ごしあられますよう」

別れの挨拶を綱紀はした。

「加賀どのこそ、道中のご無事をお祈りいたしております」

綱條が応じた。

「かたじけなし。御免《ごめん》」

綱紀は一礼して、大廊下下段の間を去った。


加賀守兼左近衛権中将の綱紀は、白書院《しろしょいん》で将軍と対面する。将軍の居室である御座の間へ通されるのは将軍世継ぎだけであり、御三家でも白書院になる。

白書院は上段と下段からなり、上段は将軍家の座するところで、御三家を含めた大名たちは下段の間で手を突く。この手を突くところも細かく決められていた。

「…………」

下段の間に入った綱紀は、もう慣れた場所、下段の上から畳《たたみ》五畳下がった中央に正座した。

呼び出されたからといってすぐ将軍が登場することはなかった。かならず待たされた。

綱紀は一人白書院で咳払《せきばら》い一つせずに端座し続けなければならなかった。

すでに白書院には、若年寄《わかどしより》と奏者番《そうしゃばん》、大目付《おおめつけ》、目付が所定の位置に控えている。若年寄、奏者番はまだいいが、大目付、目付は隙《すき》あらば外様の加賀藩前田家を咎めようと、綱紀の一挙一動を見張っている。

家督《かとく》を継いで長く、何度も繰り返した綱紀でさえ、緊張するのだ。若い外様大名など、蒼白《そうはく》になってしまう。

「ご執政衆」

奏者番が声をあげた。

「……思ったより早いな」

老中たちが同席するために白書院下段の間へ来た。

綱紀は深く腰を折りながら呟《つぶや》いた。

将軍とはいえ、政《まつりごと》を預けた老中には配慮しなければならない。多忙な老中を待たせては、政が遅れる。

老中が来たら、続けて将軍が姿を見せるのが流れであった。

「公方さまのお成りでござる。一同、平になられよ」

奏者番が老中のときとは比べものにならない大声をあげた。

「ははあ」

大仰《おおぎよう》なくらいな態度で綱紀は平伏した。これも大目付、目付に難癖《なんくせ》を付けられないためのものであった。

「…………」

しばらく衣擦《きぬず》れの音だけが白書院を支配した。

「前田左近衛権中将、国入りのお許しを賜《たまわ》りました御礼と暇乞いのため、目通りを願いましてございまする」

奏者番が三度声を張りあげた。

五日前、前田家から出した国入り許可の願いを聞き届けるとの上使として老中大久保《おおくぼ》加賀守忠朝《ただとも》が藩邸を訪れている。本日はそれへの礼も含んでいた。

「加賀守、面《おもて》をあげてよい」

少し甲高《かんだか》い綱吉の声で、平伏を解くとの許しが出た。

「畏《おそ》れ入りまする」

綱紀は顔をあげたが、目を伏せた状態を維持する。

直接将軍の顔を見るのは、無礼だとされているからであった。

酒井雅楽頭《うたのかみ》の策に踊らされたとはいえ、将軍の座を争った二人が対峙《たいじ》したのだ。書院の一同が緊迫したのも当然であった。

「国へ帰るそうだの」

「お許しをもちまして、国入りをさせていただきまする」

綱吉の言葉に応じながら、綱紀はふたたび平伏した。

「また国入りに際しまして、公方さまより格別の思し召しを賜りましたこと、この左近衛権中将、身に余る光栄と存じ奉《たてまつ》りまする」

平伏したまま、綱紀が礼を口にした。

暇乞いの許可状を持った上使は、同時に将軍からの餞別《せんべつ》を届ける役目も持っていた。とくに国主と呼ばれる大大名には、老中が上使となった。

これも将軍家の前田家への気遣いであったが、老中を上使として迎え、接待しなければならない前田家にとっては面倒以外のなにものでもなかった。

「拝領いたしました品々には及びませぬが、これをお納めいただきたく」

綱紀は頭をさげた状態で告げた。すでに将軍へ献上する品は、三方《さんぽう》に載って白書院の襖際《ふすまぎわ》、奏者番の側《そば》に積まれていた。

加賀藩前田家は、上使老中大久保加賀守を通じて、綱吉から白銀《しろがね》一千枚、時服《じふく》百着を下賜《かし》されていた。

当然返礼の品も相応になる。

「加賀守より献上の品、披露仕《つかまつ》りまする」

奏者番が目録を懐《ふところ》から出し、拡げた。

「白銀五百枚、巻物二百」

献上の品を奏者番が読みあげた。

「うむ。加賀守の心づくし、うれしく思う」

綱吉が献上品を受け取った。

「その方《ほう》、つつがなく道中をいたせ」

「はっ」

綱紀が一層《いつそう》額を畳に押しつけた。

「公方さまより、お鷹二据《もと》、お馬二疋《き》をくださる」

先日のものとは別に、鷹と馬が綱紀へと下賜された。もちろん、現物は後ほど屋敷に届く。今は目録だけであった。

「ありがたくちょうだいいたせ」

老中堀田備中守《びっちゅうのかみ》が、目録を持って綱紀の前へ座った。

「畏れ入りまする」

目録を見ることはできない。綱紀は額に畳の跡が付いたなと感じながら、お礼言上をした。

「この後、溜《たまり》で」

周囲に聞こえないように気を遣いながら、堀田備中守がささやいた。

「大儀であった」

堀田備中守がもとの座へ戻るのを見た綱吉が儀式の終了を告げた。

「御退出なされまする」

奏者番が一同へ平伏を命じた。

「…………」

結局綱紀は、まともに綱吉の顔を見なかった。

続けて老中たちが去って行く気配がした。

「加賀守、直ってよろしい」

しばらくして目付が、平伏を止めていいと宣した。

「かたじけのうござった」

最後まで残った奏者番と目付に、綱紀は感謝の意を告げた。

「道中気を付けてお帰りなされ」

奏者番は数万石ていどの譜代大名が就く。将軍がいなくなれば、百万石への対応は丁重なものになる。

「下城まで気をゆるめるでない」

対して目付は千石ほどの旗本でありながら、監察という権を持つためか、尊大な態度で終始した。

「さて、そろそろよいか」

皆が書院からいなくなるのを待って、綱紀は立ちあがった。

二

書院には、行事の準備をするための控えの間が付いている。これを溜と呼んだ。溜は中庭に突き出るような形をしている。書院前の廊下と繋《つな》がっている襖を除いて庭に面しているため、盗み聞きされる恐れが少ない。ために執政衆が役人や大名との密談の場所として好んで使った。

「御無礼つかまつる」

老中は待たせるのも仕事である。堀田備中守はまだきていないだろうと思いながら、綱紀は襖を開く前に声をなかへかけた。

「入れ」

「…………」

なかから応答があったことに、綱紀は驚愕《きょうがく》した。

「お待たせをいたしましたか」

密談である。他人目《ひとめ》に付かないほうがいい。躊躇《ちゅうちょ》することなく、綱紀は襖を開けてなかへ、身をすべりこませた。

「御用部屋へ戻ってしまえば、人が寄ってくるのでな。出歩くことも難しくなる」

堀田備中守が苦い顔をした。

かつて下馬《げば》将軍と噂《うわさ》され、天下の権を恣《ほしいまま》にした大老酒井雅楽頭忠清を蹴落とし、その後釜に座ったのが堀田備中守である。権力に阿《おもね》る人たちがまとわりついてくるのは当然であった。

「近々大老に叙されるとうかがいましたが……」

綱紀が噂を聞いていると語った。

「それはまちがいない。なんとか年内にはと思っておる」

堀田備中守が認めた。

「今すぐでもよろしゅうございましょうに」

「ようやく酒井雅楽頭を排除したばかりぞ。幕閣や役人には、雅楽頭の息がかかった者がおる」

首をかしげた綱紀に、堀田備中守が眉間《みけん》にしわを寄せた。

「雅楽頭どのは、すでにお亡くなりだとか」

公式には病だとされているが、すでに酒井雅楽頭が自害しているというのは天下周知の事実と言える。隠居して家督を息子に譲った酒井雅楽頭である。姿をまったく見せなくとも問題はない。酒井家から死亡の届けが出されていないため、幕府が調査に入れないだけであった。

「死人でも人は踊るぞ。畏れ多いことながら、神君家康公がことを思えば不思議ではなかろう」

「……たしかに」

死後神になった家康の影響力は、未《いま》だに幕府を縛《しば》っている。

「おかげで、甲府公こそ正統と叫ぶ馬鹿が消えぬ」

堀田備中守が嘆息した。

甲府公とは三代将軍家光の三男で甲府二十五万石の初代となった綱重《つなしげ》の嫡男《ちゃくなん》綱豊《つなとよ》のことだ。父の綱重が兄の四代将軍家綱より早く死亡したため、本人は五代将軍の候補になれなかった。

「だったら、家綱さま御危篤《ごきとく》のおりに、それなりの動きをしておけと言いたいわ。雅楽頭の力を怖れて黙っていたくせに、今ごろになって、綱吉さまの館林《たてばやし》よりも、綱豊の甲府が正統だなどと」

吐き捨てるように、堀田備中守が口にした。

「家康さまによる長幼の序の故事でございますか。五代将軍が綱吉さまに決まってから言い出すなど……巷《ちまた》ではこれを証文の出し遅れと申すそうでございまする」

綱紀も鼻先で笑った。

「証文の出し遅れ……そうじゃな。だがの、その証文には使い道があったのよ」

小さく堀田備中守が首を振った。

「どのようなとお伺いしても」

遠慮しながら綱紀は問うた。

「上様のお子さまは徳松君《とくまつぎみ》さまお一人。ああ、鶴姫《つるひめ》さまがおられるとはいえ、姫君さまでは、将軍になられるわけにはいかぬ」

綱吉は館林藩主のとき、側室お伝《でん》の方を寵愛《ちょうあい》し、二人の子供を儲《もう》けていた。

「しかも徳松君さまは、綱吉さまが将軍となられた後を継がれて館林藩主の座にあられる」

「西の丸が空いている……」

「そうじゃ」

綱紀の呟きに、堀田備中守がうなずいた。

「神君家康公が三代将軍選定のおり、二代将軍秀忠公が推された三男忠長《ただなが》さまではなく、次男家光さまを指名された。この故事に従って、本来ならば家綱さまのすぐ下の弟である綱重さまが五代将軍になられはずであった。しかし、綱重さまは不幸なことに早世された。ならば、そのお血筋である綱豊さまに将軍の地位は譲られなければならぬ。そう言う者が意外と多い」

「馬鹿でございますな」

あっさりと綱紀が言い捨てた。

「次の将軍は、今の上様とのご縁が第一義でござる。過去のことなど、直系男子がおられる限り、なんの意味ももちませぬ。それどころか、簒奪《さんだつ》を考えるとして警戒されるだけ。そのていどの輩《やから》しかお側におらぬとは……館林公もご不幸」

綱紀はあきれた。

「……………」

じっと堀田備中守が、綱紀を見つめた。

「なにか失礼でもございましたか」

綱紀が怪訝《けげん》な顔をした。

「なぜ前田家なのだろうとな」

「……………」

「そなたが譜代大名であったならば、明日にでも老中にして、余《よ》の手伝いをさせるのにと思ったのだ」

「それは光栄なご評価でございまするが、御用部屋には稲葉《いなば》美濃守《みののかみ》さま、大久保加賀守さまを始め、優秀なお方が……」

「全部酒井雅楽頭の息がかかった連中だがな。今すぐ入れ替えるわけにはいかぬ」

堀田備中守が頰《ほお》を引きつらせた。

「備中守さまの悪評になりまするな」

権力者は交代するのが世の常である。当然、その周囲を固める者も代わるが、性急な入れ替えは、幕政の混乱を招き、おこなった権力者の悪評になった。

「まったく……譜代よりもできる外様。幕府にとって目障りだぞ」

「鼻毛を生やしておられる時代ではなくなりました」

少しは切っ先を隠せと言った堀田備中守に綱紀が首を横に振った。

綱紀の祖父、加賀藩三代利常《としつね》は、幕府から警戒されないようにと、わざと鼻毛を伸ばし、己《おのれ》の醜態にも気がつかない愚か者を演じた。

「それに……備中守さまはお気づきでございましょう」

綱紀の出来不出来を堀田備中守はよく知っている。今さら隠しても遅い。

「ふん」

堀田備中守が鼻を鳴らした。

「さて、そなたとの掛け合いは楽しいが、あまり遊んでいるわけにはいかぬ。いかに他人目《ひとめ》を避けたとはいえ、余とそなたが溜に入ったのは知られているだろうしな」

「はい」

どれほど手を打とうとも、思惑ほどはずれるものはない。綱紀も同意した。

「お手伝い普請のことだな」

「さようでございまする。家綱さまの御墓所をふさわしきものに正されるとか」

言葉も外交の一つである。綱紀は言い回しにも気を遣った。

「それだけではない。寛永寺も祈願寺から菩提寺《ぼだいじ》になった。これから先、将軍家の墓所としての栄誉を重ねていくだろう」

「増上寺から菩提寺をお取りあげになられるおつもりでございましょうや」

寛永寺に代々の将軍は葬られていくとも取れる堀田備中守の言いかたに、綱紀は驚いた。

「取りあげる……すでに秀忠さまがお眠りになられているのだぞ」

その気はないと堀田備中守が否定した。

「なるほど。競わせると」

綱紀が理解した。

「まったく……」

見抜かれた堀田備中守がため息を吐《つ》いた。

「寺はすぐに無理を申してくる。拒めば、ご位牌《いはい》がどうの、御霊屋《みたまや》がどうのと、死者を人質に脅《おど》して参る」

　堀田備中守が続けた。

「もちろん、寛永寺も増上寺も門跡《もんぜき》や住職はそのようなことはない。だがな、その末端におるものがの」

「玉石混淆《ぎょくせきこんこう》だと」

「大名と同じだ。そなたのように磨かずとも輝く者もおれば、どうしても黒ずんだままという輩もおる」

　綱紀の発言を堀田備中守が認めた。

「いかに譜代大名だ、三河《みかわ》以来の家柄だと申したところで、幕府にとってはどうでもいいのだ。そんな経歴より、今の上様になにをして差しあげられるか、それが重要なのだ」

「……もう一度言わせていただきましょう、馬鹿ですな、そやつは。堀田さまの家柄が、関ヶ原以降だろうが、一代取り立てであろうが、どうでもよいでしょうに。肝心なのは、備中守さまを老中筆頭になされたのが上様だということ。備中守さまを否定するのは、上様を暗君だと罵《のの》るも同じ。なぜ、気がつかぬのか」

　堀田備中守の悩みをしっかりと綱紀は理解していた。

「……どうだ、加賀守」

「なんでございましょう」

「家督を一門に譲り、どこぞの譜代大名の養子になれ。そなたにならば、吾《わ》が後を預けられる」

真剣に堀田備中守が勧誘した。

「ご勘弁を。残念ながら藩を預けるに足りる者がおりませぬ」

綱紀も真顔で応じた。

「……だめか。やれやれ、まだまだ馬鹿どものつきあいは切れぬらしい」

堀田備中守が苦笑した。

「まあ、そういうことだ。寛永寺と増上寺、祈願寺と菩提寺。きっちりと線引きがあったことが幕府にとって災いであった。なにせ競合せぬのだからな。どちらも相手を気にせず、己の要求を幕府へしてきた。それをなんとかせねばならぬ。増上寺、寛永寺ともに幕府からは寺領とは思えぬ大名並みの知行が渡されている。そもそもは、この範囲で寺を維持し、寛永寺は徳川の天下を安寧《あんねい》たらしめるための祈願をおこない、増上寺は将軍家の菩提を供養するための寺領だ。それを冷害を防ぐため、異国の侵入から護国するため、あるいは祥月命日だ、年忌だと……」

堀田備中守が憤慨《ふんがい》した。

「両寺の境界をあいまいにすることで、無理を言えば、あちらに移すぞと突っぱねられる。でございますか。畏れ入りまする」

どちらに文句をつけているわけでもない。どちらかを貶《おとし》めたわけでもない。それでいながら、見事に均衡を生みだしている。

綱紀は堀田備中守の手腕に、感心した。

「わかったならば、引き受けろ」

堀田備中守が綱紀に言った。

「将軍家のおためになることでございますれば、お引き受けするにやぶさかではございませぬが……」

「申してみよ」

条件があると言った綱紀を堀田備中守が促した。

「あまり規模を大きく、装飾を派手になさらぬようにお願いをいたしたく」

綱紀が述べた。

「…………」

堀田備中守が、綱紀の真意を見抜かんとばかりに綱紀を見つめた。

「……金ではないな」

普請の規模が大きく派手になるほど、工費は高くなる。

「競い合わせるのはよろしゅうございますが、追い詰めてはまずかろうと」

綱紀が告げた。

「……なるほどな。増上寺を追い詰めることになるか」

増上寺は家康によって、徳川家の菩提寺となるべく江戸へ招かれた。その歴史と誇りは高い。三代将軍家光が日光山へ葬られたのはしかたがない、いや、寛永寺で眠りたいと遺言されなかったことで菩提寺を奪われないと安堵《あんど》していた。次の家綱はまちがいないだろうと思っていたところに、寛永寺を墓所とする布告である。増上寺の受けた衝撃は大きい。

「家綱さまのご遺言ということで、墓所の一件は収まりました。しかし、増上寺の警戒はより増していると考えるべきでございましょう。そこに寛永寺へ将軍墓所にふさわしい施設を普請するとなれば……」

「増上寺が反発する」

「はい。そして、その反発は上様ではなく……」

「余に来るか」

見つめ返してきた綱紀に、堀田備中守が呟いた。

「…………」

無言で綱紀は首を縦に振った。

「将来墓地に使えるていどの整地で止めておくか」

「いえ。家綱さまの墓所はもう少し整えさせていただくべきかと」

「ほう。金がかかるぞ」

「まだ前田がお手伝いするとは決まっておりませぬ」

決定だと言われては困る。藩主が決めてしまえば、留守居役は不要になる。引き受けてもいいと言ったが、引き受けるとは断言していない。綱紀は釘を刺した。

「いつでも次以降の墓所を作れる状態……家綱さまの墓所をよくすることで綱吉さまの孝心を天下に示す。うむ。よいな」

堀田備中守が満足した。

「加賀守」

「はっ」

「お手伝い普請から外してやる」

「…………」

堀田備中守の宣言に、綱紀は無言で頭を下げた。ここで礼を言えば、お手伝いという徳川幕府への忠誠を疑われる。お手伝い普請は喜んで承《うけたまわ》らなければならない建前だからだ。

「では、これで」

目的を果たした。城中で敵同士に近い二人が密議していると騒がれてはまずい。その前に別れるべきだと綱紀は辞去を申し出た。

「待て。もう一つ取引をせぬか」

「もう一つ……」

綱紀は座り直した。

「そうだ。一つだけ真実を教えよ。その代わり、余はそなたの命にかかわる話をしよう」

堀田備中守が提案した。

「わかりましてございまする。天地神明に誓って偽《いつわ》りは申しませぬ」

老中からの提示である。外様大名が断ることはできなかった。

「そなたに子はおるのか」

小沢兵衛に調べろと命じていた内容を堀田備中守が質問した。

「それで小沢を……」

綱紀が小沢兵衛がどうにかして数馬を薬籠中《やくろうちゅう》のものにしようとしている裏を知った。

「答えを」

小沢兵衛のことなどどうでもいいと堀田備中守が急《せ》かした。

「おりませぬ。江戸にも国元にも、吾《わ》が血を引く者はおりませぬ。ただ、江戸に最近気に入った女ができましたゆえ、腹におるやも知れませぬが」

綱紀ははっきりと語った。

「ではなぜ継室を求めぬ」

「一つだけというお話だったような……」

「…………」

じろりと睨《にら》まれた綱紀があきらめて、話を続けた。

「摩須《ます》が忘れられませぬ」

「なんだと……」

意外な答えに堀田備中守が唖然《あぜん》とした。

「摩須はずっと泣いておりました」

いたましい顔を綱紀が浮かべた。

「加賀の室は皆、泣くのでございまする。初代利家の正室松《まつ》を初めとして……」

「……加賀守」

「これでご勘弁くださいませ」

それ以上を綱紀は拒んだ。

「…………」

諾否《だくひ》を口にしなかったが、それ以上の追及を堀田備中守はしなかった。

「こちらから伝えることは……」

堀田備中守が立ちあがった。

「富山に声をかけたやつがいる。誰かは問うな」

「……かたじけのうございまする」

それだけで十分であった。綱紀が手を突いた。

「辛いことを言わせた代償だ。当家は小沢兵衛を放逐《ほうちく》する」

溜の襖を開けて、堀田備中守が出ていった。

「…………」

綱紀は無言で閉じられた襖を見続けた。

三

将軍へのお暇乞いをすませれば、あとは日柄を選んで出発するだけになる。

「先発を板橋《いたばし》宿へ移せ」

三千人からの行列ともなると、上屋敷だけでまかなえない。なにより、そんな大行列を天下の城下町でするわけにはいかなかった。

前田家の供たちは、普段、そのほとんどが下屋敷や中屋敷にいた。出発の当日に上屋敷へ集めたりすれば、どれだけ広い屋敷だとはいえ、入りきらない。近所迷惑になる。

加賀藩だけではないが、行列の人数が多い外様大名はどこも江戸を出る最初の宿場まで、供の一部を前もって江戸四宿に出すのが慣例となっていた。

また、かなり街道の整備などはなされてきたとはいえ、それでも旅は命がけである。前田綱紀を筆頭に、参勤する藩士たちは、知り合いや親戚と別れの宴などを開き、無事の再会を願う。

とはいえ、江戸に一族や知り合いがいない数馬には、別れを惜しむ相手もない。正確には江戸の長屋の留守を任せるので、佐奈とは一度別れるのだが、奉公人相手に宴など開くこともない。

「用意へのお手出しはご無用に願いまする」

旅支度《たびじたく》も佐奈に取りあげられてすることのなくなった、数馬に留守居控《ひかえ》から出頭せよとの指示が来た。

「……なんであろう」

内容を明らかにしないうえ、留守居役筆頭六郷大和の名前での召喚は、数馬の気を重くした。

が、行かないという選択肢はない。

「頼む」

後事を託して、数馬は留守居控に向かった。

留守居控には、六郷大和以下加賀藩江戸留守居役が勢揃《せいぞろ》いしていた。

「………」

思わぬ顔ぶれに襖を開けた数馬はそのまま固まった。

「なにをしておる。さっさと入れ」

六郷大和が数馬に命じた。

「なにかございましたでしょうか」

決められた席に腰を下ろした数馬は、すぐに問うた。

「儂《わし》が言う」

六郷大和が、一同を代表した。

「殿よりお叱《しか》りをいただいた。小沢の件、すまなかった」

「えっ」

一斉に頭を下げた六郷大和たちに数馬は驚いた。

留守居役の間には、厳密な格付けがあった。それは一日でも早く留守居役の任に付いた者が先達《せんだつ》となり、後輩を家臣同様に扱えるというものである。これは藩内だけでなく、他藩でも適用され、先達は主君同様に敬う決まりになっている。

加賀藩どころか、江戸にいる留守居役のなかでもっとも新参の数馬は、いわば使い走りていどでしかない。その数馬に向かって、先達全員が謝罪した。

「そなたに押しつけてはならなかった。どれほど腹立たしい相手でもにこやかに笑って、つきあうのが留守居役の使命であった」

「それはいたしかたないのではございませぬか。加賀藩留守居役の役目を放棄して逃げ出したのみならず、さっさと堀田家に召し抱えられるなどして面目を潰《つぶ》したのでございまする。平常心で話し合うなどできませぬ」

数馬は六郷大和の言いわけを無理はないとして認めていた。

「いや、それでも我慢すべきが留守居役である」

頑迷《がんめい》に六郷大和は首を左右に振った。

「それにもう我らの腹も癒《い》えた」

六郷大和に代わって五木《いつき》参左衛門《さんざえもん》が話をした。

「腹が癒えたと仰《おお》せられると」

数馬は怪訝な顔をした。

「殿が江戸をお発《た》ちになられた翌日に、小沢兵衛あての上意討ちが出されることとなった」

うれしそうに五木参左衛門が述べた。

「よろしいのでございまするか。小沢どのはご老中さまの家中でございまするぞ」

堀田備中守の権力はすさまじい。うかつなまねをして怒らせれば、百万石といえども揺るぎかねなかった。

「これも、殿より伺ったことだが、備中守さまが小沢を放逐なさるらしい。これでようやく、我らの恥は雪《そそ》がれる」

五木参左衛門が快哉《かいさい》を叫んだ。

「放逐……」

ことの大きさに数馬は目を剝《む》いた。

藩士の放逐はよほどのことであった。

昨今、大名や旗本の内証逼迫《ないしょうひっぱく》による人員整理がおこなわれているが、これは解き放ちと言われ、そのあとどこへ仕官しようが、なにをしようが、一切苦情は出さないものとなる。対して放逐は、他家への再仕官を許さない奉公構いほど厳しいものではないが、それでも新しい主家から問い合わせがあったとき、どういう理由でこうなったかを教える。いや、積極的に触れて回る。

まず放逐を喰《く》らった藩士に手を出す家はない。武士としての未来《さき》は断たれたも同然になる。

「殿に備中守さまがお約束くだされた」

五木参左衛門が続けた。

「…………」

綱紀と堀田備中守の会談を為《な》し遂げたのは、小沢兵衛である。その結果が放逐なのだ。小沢兵衛の運の悪さに数馬はなんとも言えなかった。

「さて、これで小沢兵衛の話は終わりだ」

六郷大和が数馬へ厳しい目を向けた。

「抜かりはあるまいな」

「そのつもりでおりまする」

数馬は答えた。

「つもりでは困るのだ。参勤留守居役は行列の顔である。そなたの失策は殿のお名前に傷を付ける。わからぬことがあるといったところで、道中、我らに問い合わせられぬのだぞ」

数馬の指導役である五木参左衛門が不安そうな顔をした。

「一応のことは篠田翁《おう》より学んでおりまする」

「翁ならば抜かりはあるまいが……」

一抹《いちまつ》の不安を拭《ぬぐ》えないと五木参左衛門が口ごもった。

「まあ、今さら明日の話をしてもしかたない。足りぬ部分は気持ちで補え」

六郷大和が数馬に述べた。

「はい」

数馬はうなずいた。

「よいか。参勤留守居役を出せるのは、十万石以上の大名家だけだ。それくらいなければ、参勤交代の人数に留守居役を入れる余裕がない」

「そうでございますか」

初めて聞く話に、数馬は驚いた。

「わかっておらぬようだの。参勤留守居役は大藩の余裕である。どこの藩を相手にしても、余裕を持って対応いたせ。決して焦《あせ》るな。なにか話を持ちかけられても、どのような条件を出されても、笑っているだけでいい。渡すものを渡したならできるだけ早くその場を去れ」

「膳など出されたときはいかがいたしましょう」

接待を断るのは無礼にあたるとしつこく言われてきたのだ。数馬が首をかしげるのは当然であった。

「一服盛られるときもある」

「はあぁ」

思っても見ない返答に、数馬は間抜けな顔をした。

「旅の最中は、いろいろとある。水あたりや旅の疲れから出る発熱など、病を得やすい」

「…………」

黙って数馬は六郷大和の説明を聞いた。

「要するに盛っても露見しにくい」

「なんのために盛るのでございましょう」

そこを数馬は訊いていた。

「貸しを作るためだ」

「……貸しでございますか」

数馬は表情を固くした。

留守居役は五分と五分を旨《むね》とする。宴席にかかった費用は別にして、一度招かれれば、一度招待しかえす。一つ情報をもらったならば、情報あるいは宴席の支払いなど見合うものを払う。こうしなければ、外交は成立しない。一方がいつも得をするような関係は、そうそう長く続かない。家柄や石高による差はあるが、それも幕府の気分でどう変わるかわからないのだ。石高が多いと強気に出れば、減封されたあとに同じ目に遭《あ》う。格式が高いと偉ぶっていても、いつ相手の家に将軍の姫が輿入《こしい》れしないとも限らない。

やり過ぎはかならず報復を招く。

もともと同格あるいは近隣でのつきあいしかない留守居役である。下手をして組から省かれれば、お手伝い普請や転封などの噂《うわさ》が入りにくくなる。それがわかっているからこそ、皆、できるだけ貸し借りを作らないようにしていた。

「道中で留守居役が倒れた。歩けるようならば無理をしてでも金沢まで行かせるが、さすがに意識がないとなれば、置いていかざるをえまい」

「はい」

留守居役は藩によっては用人に次ぐ地位のところもあるが、加賀藩のように万石をこえる家臣を持つほどの大藩ともなると、重職扱いされない。つまり、駕籠には乗れないのだ。騎乗はできても、そんな状況で馬に乗れるはずもなく、宿に預けていくしかなくなる。

「同藩の者を付けて残しても、せいぜい一人か二人。それで看病から医者の手配、移送の準備は難しい。どうしてもその大名家の手を借りることになる」

「なるほど……」

ようやく数馬は理解した。

「もちろん、看病ていど、さほどの借りではないが、借りは借りだ。どこかで返さなければならなくなる。そして借りがあるというだけで、人は気弱になってしまう」

「わかりまする」

数馬は首肯した。

「貸しを残したまま、その家の留守居役に会ったとき、十全な交渉はできまい。たいしたことではないとはいえ、影響は出る」

「注意いたしまする。が、どうやってお断りすれば」

誘いを断るには、それだけの理由が要る。数馬は、どうすればいいかを尋ねた。

「殿を口実にせよ」

五木参左衛門が教えた。

「……殿を」

もっとも出してはまずい名前のはずだと、数馬は目を剥いた。

「江戸では絶対にしてはならぬことだが、道中は別だ。なにせ、己の領地とは違う。悪い言いかたをすれば敵地だ。敵地に陣をしいている主君を守るのは家臣の役目。引き留めてはならぬ慣例である」

参勤交代の行列は軍事行動に準ずる。だからこそ、槍《やり》や弓、鉄炮《てっぽう》まで持って進むのだ。加賀藩ともなると鉄炮だけで百丁近くなる。それこそ、五万石ていどの城ならば、攻められるだけの軍備をしていた。

「それをわかっていて強《し》いて引き留める家があったときは……」

六郷大和が目を細めた。

「継室を押しつけようとしている……」

どこの大名を示しているか、数馬は読み取った。

「そうじゃ。そのときは、きっぱりと断って良い」

「よろしいのでございまするか」

参勤留守居役の権をこえるのではないかと、数馬は危惧《きぐ》した。

「それに鳥居《とりい》家は参勤路に近うございまする。仲違いをいたしては、今後に支障が出るのではありますまいか」

「参勤の通路は、鳥居家と同じく中山道を通らずともよい。遠回りになるが、東海道を進んで美濃《みの》を通るやり方もある」

六郷大和が数馬の懸念を否定した。

「多少面倒だが、そう長い期間ではない」

「長くないとは……」

数馬が嫌な予感を覚えた。

「禁忌を犯した者とは義絶する。前田家が鳥居家とのつきあいを拒めば、近隣組はどちらに付くと思う」

「八分……」

留守居役の加盟する組でもっとも怖ろしい罰が八分である。八分の語源は、火事と葬儀を除くつきあいからはじき出す村八分から来ているが、留守居組合のそれははるかに厳しかった。

火事も葬儀も含めたすべてで相手にされなくなる。そうなれば、他家との婚姻《こんいん》にも支障がでるていどではすまなかった。名門譜代といえども、他の大名とのつきあいを失敗すれば、無能の烙印《らくいん》を押され、若年寄、寺社奉行などの役につくことはできなくなった。

「よいか、参勤留守居役は強気が肝心じゃ。なにせ、通行路に当家が遠慮せねばならぬ家はない」

六郷大和が断言した。

街道筋で、加賀の前田家が気を遣わなければならなかった唯一は越後《えちご》高田《たかだ》松平家であった。越前松平家の分家で二代将軍秀忠の娘勝姫《かつひめ》との間に生まれた松平光長《みつなが》が、十歳で越後高田二十五万九千石に封じられた。

家康の曾孫《そうそん》にあたる光長が藩主となっている。石高は四倍あっても、徳川の世では、光長が上になる。綱紀も参勤のたびに、光長を訪れ、敬意を表した。

その光長の越後高田藩が後継問題でもめ、お家騒動を起こした。光長の嫡子の若死に端を発した騒動は、越後高田藩を保護する酒井雅楽頭の裁決で無事に終わったはずであった。

「もう一度調べをいたす。雅楽頭の決定には恣意《しい》が見える」

五代将軍となった綱吉は酒井雅楽頭への報復としてこの騒動を再審し、裁決をひっくり返した。

綱吉は酒井雅楽頭が無罪とした者を有罪にし、お咎めなしだった藩主光長を流罪にし、高田藩を改易にした。

この結果、越後高田は幕府の預かりとなった。城主不在ならば、挨拶をしなくてもいい。

前田家の行列は、気兼ねなく参勤交代できるようになった。

「承知いたしましてございまする」

数馬は頭を垂れた。

四

大名行列は江戸の名物である。どこの大名が参勤交代で江戸を出るか、江戸に入ってくるかを庶民はよく知っていた。

「あの槍《やり》は、なになにさまのものだ」

「供先《ともさき》に二本槍を許されている。伊達さまか、それとも島津さまか」

庶民たちは行列を見て楽しむ。

江戸は将軍の城下であり、威勢のある大名でも、無茶はできない。どれほど邪魔であろうとも、徳川の民である江戸の庶民を邪険には扱えなかった。

「さすがは前田さまだ。見ろよ、あの行列の大きさ」

「おそろいの紋入り羽織を足軽に着せる家なんぞ、最近は少ないというに、見事な梅《うめ》鉢《ばち》の金紋じゃねえか」

上屋敷の門前に加賀藩前田家の参勤行列が揃《そろ》っているのを庶民たちが見物していた。

「あとは御駕籠が来たら、出発だろう」

庶民たちが期待をこめて待っているなか、上屋敷の大門から六人の陸尺《ろくしゃく》に担がれた駕籠が姿を表した。

「お発《た》ち」

陸尺が行列の中央に収まるなり、供頭《ともがしら》が大声をあげた。

「えええい。やあ」

供先の槍が高々と突きあげられた。

「おおっ」

続けて行列の所々にいる槍持ちが前から順に倣《なら》っていく。

「見事だなあ」

一糸乱れぬ演舞に庶民が感心した。

「見たか。伊助」

「へい」

集まっている庶民のなかに武田法玄と山本伊助が潜《ひそ》んでいた。

「駕籠脇に、あの侍が付いていてやした」

「ああ。まずいな。まさか、参勤の供をしやがるとは思わなかったぞ」

武田法玄が苦い顔をした。

「いや、お館さま。これは好機でございますぞ」

山本伊助が配下らしい口調で言った。

「なにがだ」

「旅の空なら、町方を気にせずにやれましょう。今まで思いきったまねができなかったのは、江戸町奉行所の連中を呼び寄せるわけにはいかぬからでございました」

「そうであるな」

山本伊助の言いぶんを武田法玄が認めた。

「行ってくれるな」

「承知」

頼んだ武田法玄に山本伊助がうなずいた。

「誰を連れて行っても」

「余《よ》の警固《けいご》に少しは残しておけ」

山本伊助の求めに、武田法玄が条件を付けた。

「では、小幡、秋山《あきやま》、一条《いちじょう》の三人を」

「足りるのか。四人で返り討ちを喰《く》らった相手だぞ。一門衆はどうする」

指を折った山本伊助に、武田法玄が懸念を表した。

「ご一門に江戸から出ていただくわけにも参りませぬ。代わりに曾根《そね》兄弟を連れて参りまする」

「なるほどな。欠けた二十四将に昇格させようと思っていた二人だ。戦力としては十分であろう」

山本伊助の出した名前に、武田法玄が納得した。

「あとはその場で手配を……」

「わかっておる。金であろう。要《い》るだけ持って行け」

皆まで言わせず、武田法玄がうなずいた。


参勤留守居役は、江戸を出て最初の宿泊地である大宮《おおみや》まで出番はない。

「大宮は、本陣の北澤《きたざわ》家への挨拶だけだな」

数馬は本日の予定を確認した。

大宮は幕府領であり、領主はいない。紀州家の鷹狩りを承る紀州鷹場本陣の他、本陣、脇本陣が九軒もある中山道屈指の宿場町である。江戸からは七里十六町（約二十九キロメートル）と近いが、出発が昼前であったことから考えれば、参勤行列としてはぎりぎりの距離と言えた。

本陣を預かる北澤家は小田原北条氏《おだわらほうじょう》の部将で寿能《じゆのう》城主だった潮田《うしおだ》家の家老職を務めていた名門の裔《すえ》になる。藩主公の宿泊の際には、宿場外れまで出迎える慣習があり、その手はずを参勤留守居役が担《にな》った。

とはいえ、名門だったのははるかに昔のこと、今では名字帯刀を許された紀州家家臣格でしかないため、さほどの気遣いは要らなかった。

「問題は……」

二日目の本庄宿《ほんじよう》から三日目の追分宿《おいわけ》までに通過する高崎《たかさき》と安中《あんなか》、二つの城下町であった。

「高崎の安藤対馬守《あんどうつしまのかみ》さまは奏者番を長く務められている。機嫌をそこねるわけにはいかぬ」

奏者番は将軍あるいは老中と諸大名の間に立つ役目である。奏者番に嫌われると、献上品の紹介などで手抜きをされることもある。

「安藤対馬守さまは、ずっと奏者番であられるだけに難しい」

譜代大名の初役とされているのが奏者番であった。数万石から五万石の大名は、まず奏者番をこなし、寺社奉行、若年寄などを経て老中へとのぼっていく。しかし、安藤対馬守重博《しげひろ》は、改易された諸大名の城地受け取りを何度も命じられていながら、そこからの出世がない。

「いささか偏狭との噂もある」

留守居役の仕事のなかに、諸大名家の内情を調べるというのもある。正室はどこの家から来たか、子供は何人で幾つくらいか、大名の趣味はなにかなど、知っておくべき事柄は多く、そこから得られる情報の価値は大きい。

「安中の板倉《いたくらい》伊予守《よのかみ》さまは、一万五千石でしかも転封されてきたばかりだ。前田家とのかかわりも薄い」

摂津《せっつ》から安中に移されたばかりの板倉家は、まだ前田家を中心とする留守居役近隣組合へ加盟の挨拶にも来ていない。今の段階では無視してもよかった。

「問題は、安中の前領主が堀田備中守さまだということだ」

普段ならばまちがいなく通過している安中である。しかし、堀田備中守とのかかわりがあるとなれば、話は別になった。

転封は大名にとって宿命のようなものだ。時の将軍に寵愛《ちょうあい》されたときは、加増の上実入りのいいところへ、権力者から睨まれたときは、今よりも実高の少ない僻地《へきち》へ移される。他にも、とある大名を出世させるために要衝《ようしょう》を領地として与えなければならないが、すでにそこには別の大名がいる。移すほどの罪はないのに、巻きこまれで遠くへ飛ばされるなど、酷《ひど》い目に遭うときもある。

移されるところが幕領であれば、引き継ぎなどの苦労はないが、まず前任の領主がいる。

城、城下の武家屋敷、検地帳などの受け渡しで前任と後任は顔を合わせる。もちろん、藩主が実務をおこなわないが、城中で立ち話の一つくらいはする。

つまり板倉伊予守重形《しげかた》と堀田備中守との間に面識がある。ここで板倉伊予守を放置してしまえば、どこからどう回って前田家の対応が渋いと堀田備中守の耳に入らないとも限らない。

「…………」

数馬は思案しながら歩いた。

江戸の城下、板橋の宿場を出るまで、大名行列は声を出さないのが慣例であった。

「寄れ、寄れ」

板橋の宿場を出たところで、供先《ともさき》が道を譲れとの合図を出し始めた。

大名行列には、供先三品という露払いがいた。これは、行列のなかには含まれない員数外の者で、弓、槍、鉄炮の表道具を押し立てる。

前田家の場合、当番と非番の二組にわかれ、一組あたり鉄炮二十五丁、弓二十張、長柄槍二十筋からなっていた。もっとも一組は長柄槍十筋と少ないこともあり、当番非番について一日交替ではないという変則を取っていた。

供先三品は、戦国でいう物見に当たった。非番は行列よりも一里（約四キロメートル）先、当番は半里（約二キロメートル）先を進んだ。

「そろそろ先行をいたしまする」

数馬は大宮宿の本陣と打ち合わせをするため、行列から離れると供頭に告げた。

「よろしかろう」

供頭が認めた。

「供家老どのに挨拶をしていけ」

足を速めようとした数馬に供頭が忠告した。

「はい」

すなおにうなずいて、数馬は行列の後ろへと向かった。

加賀藩の行列は三千人とされているが、藩主の直臣は五百人弱ほどで、残りは供している直臣の連れている陪臣《ばいしん》や小者である。

そのなかで最大の数を誇るのが、供家老であった。

供家老は人持《ひとも》ち組《ぐみ》以上で家老職にある重臣が任じられ、行列の殿《しんがり》を任される。行列全体を見渡せることから、行列目付《めつけ》の役目も持ち、大きく列からはずれて徘徊《はいかい》する者を注意したり、行列本隊になにかあったときは、藩主公の足を止めさせないため、供家老が残って後始末に当たった。

今回は江戸家老筆頭横山玄位《はるたか》が供家老を務めていた。横山玄位は、前田の藩境境宿で出迎えに来た人持ち組頭と引き継ぐまでが仕事であり、そこで行列と別れ、江戸へと戻る。

「少しは世間を見させよ」

これは若い横山玄位への罰である。

横山玄位が分家で旗本の横山長次《よこやまながつぐ》らに道具として遣われ、藩内に不和を起こしたことにあきれた綱紀の処置であった。

「留守居役瀬能数馬でございまする」

供家老横山玄位の駕籠脇へ着いた数馬が歩きながら声をかけた。

行列を止めてはまずい。一度止まった行列をふたたび動かすには、結構な手間がかかる。横山家は二万七千石を領している。加賀藩の定めがあり、石高がどれほどあろうとも行列の数は百数十人までと定められているとはいえ、それだけの人数を一斉に止めたり、歩調を合わせて歩かせるのは至難の業であった。

「なんじゃ」

数馬と横山玄位の間には、確執があった。酒井雅楽頭に飼われた横山長次の策に従って、綱紀を五代将軍に就けようとした横山玄位は、元旗本という経歴を持つ数馬を仲間に引き入れようとして失敗、それを綱紀からひどく叱られていた。

石高は二十倍以上差があるとはいえ、どちらも前田家の直臣である。同格には違いない。扉を開けて応対するのが礼儀である。しかし、横山玄位は顔を見せようとしなかった。

「宿場の本陣へ挨拶に出向きまする。では、御免」

数馬と横山玄位は歳が近い。数馬は横山玄位の無礼を咎めず、報告だけして離れた。

中山道は東海道《とうかいどう》に比べて京までの距離は遠い。東海道が五十三次なのに対し、中山道は六十九次あることからもわかる。

しかし、旅人は多かった。これは中山道の物価に起因していた。旅籠《はたご》や木賃宿などの宿泊費でおおよそ二割、茶屋などでの飲食費に至っては三割から低いのだ。

東海道で十日かかる京までの旅程を一日、二日延ばしても、中山道のほうが安い。

数馬は行列を置き去りにし、早足で大宮へ急いだ。

大宮は武蔵《むさし》一宮とされる氷川《ひかわ》神社の門前町から発達した。大宮という地名も、氷川神社から来ている。宮町、中町、下町、大門町の四つからなり、宿場町の長さは九町（約九百八十メートル）弱、家数は三百軒ほどあった。

本陣二軒、脇本陣九軒、旅籠にいたっては二十軒以上ある。中山道でも有数の宿場町であった。

「御免そうらえ」

供先三品を遠くに置き去りにして、数馬は大宮宿に入り、宿場の北東に立派な冠木《かぶき》門《もん》を見せる鷹場本陣の門を叩《たた》いた。

「どなたさまか」

潜《くぐ》り戸《ど》の上に設けられた小窓が開き、そこから数馬を誰何《すいか》する目が見えた。

「加賀藩留守居役瀬能数馬と申す。ご当主どのにお会いいたしたい」

数馬は名乗った。

「伺っております る。今、開けますゆえ」

小窓が閉じ、すぐに大門が片方だけ開いた。

「どうぞ、主《あるじ》がお待ち申しあげておりまする」

奉公人の案内で、数馬は奥へと通された。

「北澤次郎左衛門《じろうざえもん》でございまする」

本陣ではなく、北澤家の客間で当主と数馬は面談した。

「本日はお世話になりまする」

数馬はていねいに頭を下げた。

北澤家は大宮にある紀州徳川家の鷹場を預かる鳥見役《とりみやく》をしていた。鳥見役とは鷹の餌《えさ》となる小動物や小鳥、狩りの獲物である兎《うさぎ》や鴨《かも》などの状況を確認し、いつでも鷹狩りができるように整備する役目である。

鷹狩りに来た紀州藩主へ目通りするため、北澤家の当主は藩士としての格式を与えられ、名字帯刀を許されていた。

「こちらこそ、加賀守さまにご滞在いただけるなど、末代までの誉《ほま》れでございまする」

北澤次郎左衛門が礼を述べた。

紀州家鷹場御用を承っているとはいえ、禄《ろく》は涙ほどしかない。とてもこれだけの屋敷を維持していくことなどできなかった。

そこで北澤家は鷹場本陣とは別に脇本陣を経営し、そちらの収入で生活していた。

鷹場本陣は紀州公のお出《い》でのおりだけに限られているが、今どきの藩主が鷹狩りなどするはずもなく、初代藩主頼宣《よりのぶ》が数回訪れただけで、ずっと使われていない。

「いつでもお使いあれ」

同じ大廊下詰めの紀州徳川二代光貞《みつさだ》が、綱紀の参勤経路に鷹場本陣があると知ったときに、そう声をかけてくれていた。

今回、国元の情勢が不穏になっていると本多政長から聞かされた綱紀は、普段よりも短い行程で金沢へ戻ろうとしていた。いろいろあったことで出発が例年より遅れたというのもあるが、九日で金沢へ帰ろうとした綱紀は、大宮を一泊目の地に選び、紀州徳川光貞の厚意に甘えた。

「大宮にはいつごろお見えになりましょう」

「供先三品が大宮宿についてから小半刻《こはんとき》（約三十分）ほどでございましょう」

「わたくしどもが用意するものは……」

「食事、夜具、風呂もこちらで運んでおりまする。水だけ使わせていただきましょう」

二人の打ち合わせはすぐにすんだ。

参勤交代の真の目的は、諸大名に国元と江戸を行き来させることで金を遣わせ、鉄《てっ》炮《ぽう》や矢玉などを購入できないようにするためである。

一方、表向きの理由の一つは、江戸の防衛を担う軍役であった。軍役だからこそ、槍や鉄炮を持参している。いつ戦《いくさ》になってもいい行軍である。当然、藩主公の命が狙われるということも考慮しておかなければならない。

ために、どこの大名も、食料と専用の料理人を用意、夜具、風呂桶《ふろおけ》を持参した。

「殿の寝所を拝見したい」

もっとも危ないのが寝所である。寝ているときに襲われては、まず防げない。

「どうぞ」

数馬の求めに、北澤次郎左衛門が応じた。

「このように周囲を控えの間に囲まれておりまする。ご寝所へ入るには、かならず控えの間を通らなければなりませぬ」

御三家紀州の当主を迎えるのだ。寝所から直接庭に出られるといった不用心なまねはしていなかった。

「畳の下はどうなってござる」

「厚さ一寸（約三センチメートル）の床板を隙間《すきま》なく敷き詰めてございまする」

問うた数馬に北澤次郎左衛門が答えた。

「床下は、どこへ繋《つな》がっておりましょう」

「庭でございますが、床の高さは低く、まず槍などは遣えませぬ」

数馬の懸念を北澤次郎左衛門が払拭《ふっしょく》しようとした。

「鉄板を敷いても」

畳の傷みを考えて、数馬は許可を求めた。

「そのようなものまで……」

北澤次郎左衛門が目を剝いた。

「…………」

数馬は無言を通した。

床下から槍で突くのが寝ている者を殺すにもっとも確実で、安全な方法であった。なにせ標的のもとまで見つからず、戦闘もなく近づける。そこまで来れば忍《しのび》は音もなく、床板を斬り取り、そこから短く柄を切断した槍を突き立てるくらいしてのける。

大名としては当然の危惧《きぐ》であったが、鉄の板を置かれた畳は痛む。紀州徳川家の当主が来たときに毛羽立った畳を使わせるわけにはいかない。少なくとも綱紀が旅立った後、表替えをしなければならなくなった。

「どうぞ、ご遠慮なく」

「かたじけない」

認めた北澤次郎左衛門に、数馬は頭を下げた。

もちろん、そのぶんの費用は別途心付けとして渡すが、手間をかけるには違いない。数馬は北澤次郎左衛門へ感謝の意を表した。

「で、前田公は」

「夕方を過ぎるころには宿場へ着きまする」

「公の夜具はご持参くださいましょうが、お供のかたの分は、伺っておりますだけでよろしゅうございましょうか」

北澤次郎左衛門が確認した。

参勤交代の大名は、毒殺や食中毒を恐れて食事も持参する。食材を持ち込み、台所役人に調理させる。それと同じで毒を塗った針など仕込まれてはまずいと夜具も用意した。

「人数の変更はございませぬ」

「夕餉《ゆうげ》の用意も」

「同じくお願いいたしまする」

藩士たちの食事まではさすがに持ち歩けない。本陣で綱紀とともに泊まる藩士たちの食事は本陣に依頼した。

「明日の朝は早立ちでございますな」

「はい。今回は国元へ急ぎますゆえ、申しわけございませんが、七つ（午前四時ごろ）には、朝餉《あさげ》の用意をお願いいたしまする。明け六つ（午前六時ごろ）には出発いたしたく存じますので」

夜明け前に食事を出させるとなれば、本陣の奉公人は八つ過ぎ（午前三時前）に起きなければならなくなる。

「いえ。それが本陣の役目でございまする。お気遣いなく」

北澤次郎左衛門が笑いながら手を振った。

「そういえば、一つ訊き忘れておりました」

「なんでございましょう」

思い出した数馬に、北澤次郎左衛門がうながした。

「湯桶はどこに置かせていただけましょうか」

前田家は、藩主専用の湯桶を持参した。組立て式でそんなに大きなものではなく、大柄な綱紀だと窮屈《きゅうくつ》なぐらいのものだが、十分使用に耐えるものであった。

「次の間の奥に、板の間がございまする。あちらをお使いくださいませ。台所からも近うございまするので、お湯を運んでいただくにもよろしいかと」

北澤次郎左衛門が説明した。

「ご配慮かたじけなく」

数馬は礼を述べた。

「そろそろお迎えに参じましょう」

「お願いをいたしましょう」

宿場外れまで出迎えにと言い出した北澤次郎左衛門に数馬は同意した。

北澤家は紀州家の鷹場本陣を預かっている関係上、紀州藩士格を与えられている。

御三家の家臣は旗本に準じるとされている。

とはいえ、これは御三家の当主が神君家康の息子たちだったときの話であった。御三家は将軍に継嗣《けいし》なきときに、家康の血筋を本家に戻すための予備であった。だが、将軍が代替わりを繰り返し、御三家も代を重ねて、初代が兄弟であったときのかかわりは薄れている。いや、なくなっている。

御三家も将軍家の身内から、家臣へと変化した。

四代将軍家綱が父家光から大樹の地位を引き継いだときに起こった由井正雪の乱の

おり、その黒幕として紀州徳川家初代頼宣の名前が挙がった。

家康の息子を老中とはいえ、たかが譜代の大名が糾弾《きゅうだん》する。これは身分の枠を壊しかねない事態であった。

しかし、取り調べなければまずい。ことは天下を揺るがす謀反《むほん》である。そこで幕府は、明確に御三家を家臣として扱った。

「きさまごとき小物に、家康公の息子たる吾《われ》を裁く権はない」

頼宣は最後まで主筋であるとの姿勢を崩さず、これぞという証《あかし》もなかったため松平伊豆守信綱《いずのかみのぶつな》も咎めきれなかったが、この聴聞は大きかった。

これ以降、幕府は御三家を将軍継嗣《けいし》の出せる格別の家としてではなく、家光の子供たる綱重、綱吉の下に位置づけた。

結果、紀州藩士は直臣格から陪臣へと落ちていた。

「見えましたぞ」

「槍を立てておりますな。あれは当番の供先三品でございまする。本隊は半里（約二キロメートル）後ろに続いておるはずでございまする」

数馬が説明した。

「ずいぶんと早足でございますな」

供先三品の足運びに、北澤次郎左衛門が目を剝いた。

「殿のご命で、このたびは金沢までできれば九日、遅くとも十日で着かねばなりませぬゆえ」

「九日……それはなんと」

普段の一・五倍近い速度である。北澤次郎左衛門が目を剝いた。

「いろいろありましたので、江戸滞在が例年より長引いたのを、少しでも取り返そうとなさっておられるのでございまする」

数馬が事情を話した。

真の意味を教えることはできない。適当でありながら真実らしい話でごまかすのも、参勤留守居役の仕事であった。

「御駕籠が見えました」

北澤次郎左衛門が、手を額にかざして遠方を見た。

「でございまするな」

「お迎えをいたしましょう」

街道の左脇へ北澤次郎左衛門が身を寄せ、地面へ直接膝《ひざ》をそろえて座った。

「…………」

合わせて数馬も片膝を突いた。

「寄れえ、寄れ」

警蹕《けいひつ》の声が徐々に近づいてきた。

第四章　常在戦場

一

大宮の宿場を夜明けとともに発《た》った加賀《かが》藩前田家の行列は、中山道を早足でのぼっていった。

「寄れ、寄れ」

警蹕《けいひつ》の声も宿場を出るまでである。それ以降は不要になる。子供でもない限り、供《とも》先《さき》三品を見れば、すぐに行列がやってくることくらいわかる。

なにしろ綱紀《つなのり》は少しでも早く金沢へ帰るため、十日間という旅程を組んだのだ。のんびりと風景を楽しみながらというわけにはいかない。

「…………」

宿場町あるいは城下に入ったときは天を突くべく立てられる槍《やり》も、足軽の肩に担《かつ》がれている。

通常、参勤交代の行列は一日十里（約四十キロメートル）ほどしか進まない。女中たちを連れているわけではないが、陸尺《ろくしゃく》、挟《はさ》み箱《ばこ》持ち、長持《ながもち》を担ぐ者などの負担を考えて、そのていどで抑える。

それを綱紀は十五里（約六十キロメートル）を一日の距離とした。

さすがに走りはしないが、かなりの速さである。

「なにかあったのかのう」

「随分《ずいぶん》と急いでおられる」

街道で行列と出会った旅人や村人が唖然《あぜん》とする。

「挨拶御免《あいさつごめん》そうらえ」

中山道には武士の姿もある。供先の藩士が、あるていど近づき、相手がこちらに気づいたとき、大声を出す。

「ご無礼つかまつる」

それに武士が応じ、道の端へ寄って片膝《かたひざ》を突く。

これは礼儀を省かせて欲しいという加賀藩の要望に、相手が応じたのだ。

武士にはいろいろと礼儀や決まりがある。

大名行列と出会ったとき、武士はすばやくその紋などから家名を読み取り、いくつかの対応を決めなければならない。

主君とまったくかかわりのない相手ならば、立ち止まって頭《こうべ》を垂れるだけで挨拶をしないでいい。当然行列もその武士を無視して進む。

面倒なのは、相手が主君と親戚筋にあたる、あるいは交流が深い場合である。このとき、武士は道の端により、片膝を突いて頭を垂れなければならない。相手が本家だったりすると平伏に変わる。これをされたときは、行列も無視できなかった。駕籠《かご》を止めて、扉を開け、藩主が顔を見せて声をかける決まりであった。

「いずこのお方か」

「なんのなにがしの守《かみ》の家臣でございまする」

「なにがしの守どののご家中か。挨拶、痛み入る」

「畏《おそ》れいりまする」

「ではの」

このやりとりをしなければならない。

さしたる手間ではないが、一度行列を停止させ、ふたたび動き出させなければならなくなる。一度くらいならばまだしも、繰り返せば速度は極端に落ちる。

それを防ぐのも供先の役目であった。

「誰か」

駕籠のなかから綱紀の声がした。

「なにか」

近習《きんじゅ》が歩きながら駕籠へと近づいた。

「玄位《はるたか》は遅れておらぬか。あやつは参勤供家老を初めて経験するはずだ。これほどの足並みの駕籠にのったこともあるまい。見てきてやれ」

「はっ」

近習が行列に逆らって後ろへと様子を見にいった。

「慣れた余《よ》でも辛《つら》いわ、これはの」

綱紀が独りごちた。

前田家ほどの大藩である。陸尺も人数を持ち、訓練もできている。また、背丈もよく似た者で組を作らせており、ゆっくりと進むぶんには湯飲みの茶が溢《こぼ》れないほど安定している。しかし、早足になればどうしても揺れが生まれる。また、一度揺れた駕籠は、その戻しで逆方向へも振れる。そうなれば、動き続ける限り駕籠は揺れを大きくしていく。

人は揺らされると気分が悪くなる。酔うのだ。酔いは体力を奪う。

この酔いを完全に防ぐことはできないが、軽くはできる。ただ、それには担ぎ手よりも、乗り手に技が求められた。

駕籠の揺れから身体《からだ》を守り、酔わないようにするには、まず目を閉じる。人は目に映るものの動きからも、己が揺れているかどうかを判断する。できれば扉を開けて遠くを見続けるほうが確実だが、どこで見られているかわからない参勤交代である。駕籠の扉を開けて、悠々と風景を楽しんでいるならばよいが、必死に歯を食いしばり耐えている表情を見られては、恥になる。

次に座っている姿勢から頭へ揺れが伝わるのを減らすため、腰を浮かせるのである。腰を浮かせ、そこで揺れを少し吸収することで首から上が振られるのを減らすのだ。

どちらもなれていないと結構面倒で辛い。

綱紀が若い横山玄位を気遣《きづか》ったのも無理はなかった。

「殿」

見にいっていた近習が戻って来た。

「どうであった」

「大事ないとのことでございました」

近習が復命した。

「そう見えたか」

綱紀が訊《き》いた。

「いいえ。いささかお顔の色も青白く見受けられましてございまする」

近習が見たままを報告した。

「やはりな。若いうちは意地を張りたいものだが……このままではまずいな」

一日揺すられているのと同じである。胃が疲れ果て、食事も喉《のど》を通らなくなる。

「騎乗を許すと伝えて参れ」

「はい」

ふたたび近習が下がっていった。

大名並みの石高を誇る世襲家老であろうとも武家である。横山玄位といえども馬術は心得ている。駕籠のように乗るための訓練などしていないものとは違い、子供のときから義務として馬を操る修行をさせられている。行列の速度など、馬からしてみれば歩いているのと変わらない。揺れも少ないし、なにより狭い駕籠から外へ出られるという開放感が酔いを消してくれる。

「余も馬にしたいところだが、そうもいかぬ」

駕籠で移動するのも大名の責務である。国元へ入るときなどは、領民へ元気な顔を見せるため、騎乗することもあるが、他領ではなかなかに難しい。

馬に乗っていて暴走とかの事故を起こせば大事になる。

「十日はきつかったか」

己《おのれ》で命じておきながら、綱紀はあと九日の旅程を思ってため息を吐《つ》いた。

強行軍とはいえ、皆武家とその奉公人である。泊りの本陣や宿に着いたところで座りこむようなまねはしない。戦《いくさ》を本分とする武士が、行軍で疲れ果てては心得がないと笑われるからだ。

「加賀さまは百万石でありながら、まともに旅もできない肚《はら》なしばかり」

そう噂《うわさ》でも立てば、一人が腹切ったていどではすまなくなる。

「いやあ、貴家の家臣たちは極楽でござるな。まともに歩けなくとも武士として扱ってもらえるのでござるからの」

「利家公は槍の又左《またざ》といわれるほどの武辺であられたそうだが……四代下がると赤子

のように歩みも危なくなるようで」

城中で綱紀がからかわれるようになれば、殿中刃傷《にんじょう》もあり得る。

「前田をなめるか」

黙って悪評を見過ごすことはできなかった。綱紀はどうにかして噂を払拭《ふっしょく》しなければならなくなる。

「恥というものをご存じないとは」

さらなる悪意がぶつけられることになるからである。

それを堪《た》え忍んだとしても、状況は悪化する。

「お手伝い普請は前田に頼みましょう」

「前田家ならば」

恥を雪《そそ》げず藩の武名が落ちれば、厄介事《やっかいごと》を押しつけられる。

こうなれば留守居役《るすいやく》などなんの役にも立たなくなる。なにせ、藩主がどのような悪口を言われようとも反抗しないのだ。そんな弱気の大名など相手にされない。前田家の留守居役は近隣組、同格組、外様組のどれからもはじき出されてしまう。

情報を得る手立てを失えば、あとは餓狼《がろう》の喰《く》いものにされるだけになる。

暴発しての刃傷、耐えての孤立。

噂一つで大名は死んだ。

「夕餉《ゆうげ》の前に風呂をすませよ。小半刻《こはんとき》（約三十分）だ。その後は夕餉。明日も早い。夜明け前に旅立ちの用意をすませておけ。外出と酒は禁じる」

供頭《ともがしら》が注意を与えた。

「…………」

疲れ果てた一行は反感の声も出せない。

「解散してよい」

供頭が手を振った。

「瀬能」

「なにか」

移動しかけた数馬は足を止めた。

「明日は先発だな」

「はい。本隊よりも半刻（約一時間）早めに本陣を出る予定でございまする」

供頭の確認に数馬は答えた。

「高崎の安藤さまのもとへだな」

「さようでございまする」

数馬はうなずいた。

行軍扱いされる参勤交代である。他家の城下を軍が通過するに等しい。泰平の世だからといって無断で横切るわけにはいかず、通行許可を求める交渉が要《い》った。

もちろん、参勤交代は幕府の定めである。

「通過は遠慮願う」

と拒否はできない。できないわけではないが、やればしっかりしっぺ返しが来る。幕府へ訴えられては、まずいことになる。

では、挨拶《あいさつ》などしなくてもよいのではないかと思われるが、通行を認めたうえでの嫌がらせはできる。

「ただいま、藩主の姫が病に伏しておりまして。城下を一度に通過されてはその騒動で気分を悪くいたしまする。お手数とは存じますが、城下へ入るのは一日五百人だけとしていただきたい」

「ただいま城下では、庶民たちによる祭りがおこなわれておりまする。人が入り乱れている城下にお入りいただいて、なにかあっては困りますするので、祭りが終わるまで三日ほどお待ちいただきたい」

どちらも立派な理由である。こう言われてしまえば、無理強《じ》いはできない。街道には幕府の管理下にあり、道中奉行でもなければ通行止めをする権限はないが、城下は別である。

通過させてもらう側としては従うしかない。

そうならないための近隣組留守居役であり、日頃の宴席である。前田家の参勤途上に領地を持つ大名への根回しはすんでいる。とはいえ、これはすべて江戸での話であり、現地とのやりとりはできていない。

さすがに江戸屋敷が認めた通行を邪魔はしないが、それでも無断で通られてはいい気分のものではない。

そのための挨拶であった。

「用意はぬかりないの」

「しかと」

数馬はうなずいた。

「安藤家への贈りものとして白絹三反。白銀《しろがね》五枚。応対した重職へ小判五枚」

目録のようなものを数馬は口にした。

「よろしい。明日は普段と違い、おぬしの城下入りと行列の通過まであまり余裕がない。迅速《じんそく》に行動いたせ」

「承知いたしておりまする」

供頭の念押しに数馬は首肯《しゆこう》した。

二

夜明け前の暗がりを押して、数馬と家士の石動庫之介は本陣を出て、高崎へと向かった。

本庄から高崎まではおおよそ五里（約二十キロメートル）、一刻一里半として三刻と少しで着く。

「殿、お疲れではございませぬか」

歩きながら石動庫之介が気遣った。

「大事ない。昨夜はよく寝た」

留守居役の数馬は本陣の大広間で、ほかの者と同室とはいえ、夜具を与えられている。

「庫之介はどうだ」

「他人のいびきで少々寝付きは悪うございましたが、二刻は寝ましてございまする」

石動庫之介が苦笑した。

前田家にとって瀬能家の家臣である石動庫之介は陪臣《ばいしん》になる。前田家は陪臣の宿まで手配はしてくれない。いや、手配は行列が江戸を出る前に木賃宿を押さえてはくれる。それ以上の面倒は自前である。前田家の直臣だけで五百人近いのだ。その人数だけで、宿場の旅籠《はたご》は埋まる。数馬が参勤留守居役であったおかげで、近隣の農家や寺へ行かされずにすんだだけましだった。

木賃宿は、寝床に使う板の間の代金だけを払う。煮炊《にた》きするのは勝手であるが、その薪代《まきだい》は別途になる。そこから木の代金を払う木賃と呼ばれるようになった宿とはいえない粗末なところだ。夜具など端《はな》からないうえに、一間で一同が雑魚寝《ざこね》することになる。

前田家の貸し切り状態であったからよいものの、普段の旅に使うとなれば、枕探しやごまのはえなどの盗賊を警戒しなければならなくなり、一睡もできないときもある。

「あと七日だ。辛抱してくれ」

数馬は石動庫之介をなだめた。

「剣術の諸国修行に比べれば、極楽でございまする」

どうということはないと石動庫之介が笑った。

「そうか、そなたは一年、諸国武者修行をしたのであったな」

数馬は思い出した。

「はい。まだ先代さまが御当主でいられたときに、わがままをさせていただきました」

石動庫之介がうなずいた。

乱世の戦場で槍を失った武士が太刀で相手を倒すために生まれたのが、介者《かいしゃ》剣術である。鎧《よろい》を着た敵を確実に仕留めるためのもの、型や理《ことわり》よりも実戦を旨《むね》とした。

当然ながら、実戦剣法は経験を積まなければ意味がない。人と仕合をしなければ、素振りと型稽古だけでは、限界が来る。

かといって、金沢の道場で介者剣術を教えるところはない。そこで瀬能家は、有望な若い家士だった石動庫之介を武者修行に出した。

家臣を武者修行させる武家はそこそこあった。泰平で戦《いくさ》など起こるはずもないとわかってはいるが、武士は戦えていくらだからだ。

「ありがとうございました」

一年と十日ほどで戻ってきた石動庫之介の顔つきは変わっていた。

「そうか」

「うむ」

祖父と父は一言うなずいただけで石動庫之介を迎えたが、数馬にはその意味がわからなかった。

「庫之介の目が違っている」

それに気づいたのは、石動庫之介が帰ってきて数日してからであった。だが、当主である父がなにも言わないのに、部屋住みの数馬が問いただすわけにもいかない。

「……あれは人を斬ったものの目」

目つきが変わった意味を数馬が知ったのは、父から家督《かとく》を譲られて石動庫之介を家臣として使うようになってからであった。

「武者修行は金を遣えませぬ。もちろん、先代さまより旅費はいただいておりましたが、いつまでかかるかわからないのが修行でございますれば、金を遣わぬにこしたことはございませぬ。寺の軒下で寝る。畑の農具小屋で雨露をしのげれば幸い、野宿など当たり前でございましたから」

石動庫之介が武者修行の話をした。

「道場に泊めてもらったりはせぬのか」

黙々と歩くよりは、話をしているほうが眠気も覚めていい。数馬は先を促した。

「武者修行中の者と申せば、二日や三日は泊めてもらえますが、借りを作ってしまいますので。わたくしは瀬能家の家臣でございまする。下手に恩義を受けてしまうと……」

石動庫之介が真顔で言った。

武士は主君のためにだけある。主家のためにいつでも死ねるからこそ、代々の禄《ろく》を保証されている。その武士が、他から恩を受けて縛《しば》られてしまえば、忠義にもとる場合もある。

それを石動庫之介は避けた。

「すまぬな」

石動庫之介の忠誠に数馬は感謝した。

「いえ。わたくしこそ浪人であった祖父を拾っていただきました」

はっきりと石動庫之介が首を横に振った。

二代将軍秀忠の娘珠姫《たまひめ》が加賀藩前田家へ輿入《こしい》れする行列を差配した旗本瀬能家は、そのまま金沢へ残った。旗本から陪臣へと格落ちをしたのだ。

「陪臣の陪臣など御免こうむりまする」

珠姫の求めとはいえ、加賀藩士へ籍を移した瀬能家を見限って退身する家臣が相次いだ。

人が辞めたならば、雇えばいい。

簡単な話のように見えるが、瀬能家の経歴が加賀では邪魔になった。

「幕府の犬がもう一匹来た」

加賀藩士から見れば、もと旗本など隠密だとしか思えない。加賀藩のなかに入り込み、なにかを探り出して幕府へ報告する。

瀬能家も本多家同様そう見られていた。

当たり前のことだが、そんな疑いをもたれた瀬能家に随身しようと思う者などおらず、なかなか補充はうまくいかなかった。

そんななか、仕官を求めてきたのが石動庫之介の祖父であった。

「宇喜多《うきた》の旧臣であったそうだな。石動は」

「はい。宇喜多宰相《さいしょう》さまのもとで先手組《さきてぐみ》に属していたそうでございまする」

石動庫之介が首肯した。

宇喜多家と前田家は縁があった。宇喜多秀家《ひでいえ》の正室が前田利家の娘豪姫《ごうひめ》だった。関ヶ原で運命を見事に違えた両家だったが、交流は続いていた。豪姫は離縁して実家に戻ったが、その後も前田家は八丈島《はちじょうじま》に流された宇喜多秀家へ米、金などを送って援助していた。

こういった関係もあり、関ヶ原の合戦で取り潰《つぶ》された宇喜多家の浪人の一部が金沢へと新たな仕官を求めてやってきていた。

関ヶ原で勝者側となった前田家は大きな加増を受けた。領地が増えれば、合わせて家臣も要る。しかし、大量の浪人を一気に抱えては、またぞろ徳川から謀叛《むほん》の準備と難癖《なんくせ》をつけられる。前田家は浪人を新規召し抱えしたが、さほどの数にはならず、石動庫之介の祖父はそこから漏《も》れた。

「もともと先手組など足軽に毛が生えたていどでございまする。金沢に来ても士分としてのお取り立ては難しかったでしょう。それを家士として召し抱えていただきました」

家士は士分になる。

幕府の定めた軍役によると、千石は二十三人の動員が定められていた。そのうち騎乗武者は一人、徒侍《かちざむらい》を六人抱えなければならないと決められていた。

石動庫之介は徒侍として、藩庁に届けられていた。

「恩は一ヵ所だけでございまする」

忠義はただ瀬能家だけにと石動庫之介が告げた。

「殿のためならば、ためらうことなく刃《やいば》を振る。その覚悟ができたのは武者修行をこなしたからでございまする」

「……やはり、斬ったな」

一瞬のためらいののち、数馬は確認した。

「はい。道場で負けた腹いせに闇討ちを仕掛けてきた者を二人、山中で襲いかかってきた盗賊まがいの浪人を三人。もちろん、一度ではございませぬが」

石動庫之介が答えた。

「重くはないか……いや、止めておこう。今のは忘れてくれ」

人を斬る。その負担を訊こうとして、数馬は撤回した。

「重うございまする」

だが、石動庫之介は応じた。

「人に刃を向けてはならない。剣術を学ぶとき、もっとも最初に教えられることでございまする」

「ああ」

数馬はもと旗本ということで忌避されたため、剣術道場には通っていない。かわりに香取神道流を修めた祖父と父から指導を受けた。

「武士が刀を抜くのは、命をかけるときだけだ。殺す覚悟ができたときだけ柄を握れ。でなくば抜くな、他人に向けるな」

六歳から修行は始めるのが慣例である。剣術稽古最初の日、数馬はしつこいくらいに祖父から言われたのを覚えている。

「ですが、その重みなど、受けた恩に比べれば軽いのでございまする」

石動庫之介が述べた。

「恩か……」

数馬は表情を固くした。

瀬能家は前田家の家臣である。とはいえ、願って前田家に仕えたわけではないとの意識がどうしてもあった。

「じいでなければ嫌じゃ」

江戸から金沢まで輿入れした、まだ三歳と幼子だった珠姫が、道中を差配《さはい》した瀬能家初代数右衛門《かずえもん》に懐《なつ》いた。

「珠の願いに応じてやってくれ」

娘の頼みに二代将軍秀忠が応じ、瀬能を前田に譲った。

「堪忍料じゃ」

秀忠は六百石だった瀬能家を一千石に引きあげてくれた。

将軍とその姫の言葉に逆らえる者はいない。瀬能数右衛門は、そのまま珠姫付用人として金沢へ残った。

「お伺いしてもよろしゅうございましょうか」

石動庫之介が訊いてきた。

「なんだ」

「瀬能のお家の出自をお聞かせいただきたく」

許した数馬に、石動庫之介が問うた。

「瀬能家はもと今川《いまがわ》家に仕えていた。お先手弓衆《さきてゆみしゅう》の足軽頭《がしら》を代々世襲していたという。禄までは伝わっておらぬ」

数馬が話し始めた。

「桶狭間《おけはざま》にも出陣したというが、本陣ではなく、後詰めの軍勢だったおかげで生き残り、その後も今川家が潰れるまで従っていた。今川が滅んだ後、帰農していた時期もあったようだが、領地の増えた徳川家が人を求めているのに応じ、百石で召し抱えられた。曾祖父《そうそふ》の時代だ」

侍というのは、家の来歴を大事にする。数馬も子供のころから何度も聞かされていた。

「その後、姉川《あねがわ》の合戦、小牧長久手《こまきながくて》の戦い、北条《ほうじょう》攻め、大坂の陣と参加し、手柄を立てたことで三百石になった」

「関ヶ原には出られなかったので」

武士ならば誰でも知っている天下分け目の合戦が出て来なかったことに、石動庫之介が疑問を覚えた。

「秀忠さまの軍勢に属していたのだ」

「失礼をいたしました」

苦笑する数馬に、石動庫之介が詫《わ》びた。

二代将軍秀忠は、旗本のほとんどを率いて中山道を上り美濃《みの》を目指していたが、途中で石田三成《いしだみつなり》に呼応した真田昌幸《まさゆき》の上田城を落とそうとして手間取り、関ヶ原の合戦に間に合わないという失態を犯していた。

「まあ、そのお陰で祖父が秀忠さまのお目に止まり、珠姫さまの用人に抜擢《ばつてき》されたのだがな。そのおりに三百石加増された」

将軍の姫の用人ともなるとあるていどの身分が要る。気遣いの得意だった数右衛門は、秀忠から直接珠姫の用人を命じられた。

「その結果が、旗本から加賀藩士への異動だ。禄が倍増したことで生活は楽になっただろうが、親戚とのつきあいは絶えた。幸か不幸かはわからぬの」

直臣から陪臣への格落ち、さらに江戸から遠い金沢への引っ越しは、今まで続いていた縁をばっさりと切った。

「まあ、小うるさい親戚など面倒なだけかも知れぬがな」

「さようでございますとも」

小さく首を振った数馬に、石動庫之介が同意をした。

「見えてきたな。あれが高崎の城だろう」

話をしている間に足が進み、街道の先に櫓《やぐら》らしき建物が見えた。

「お相手は確か国家老次席の安西《あんざい》どのであったな」

あらかじめ面談の相手は決められている。数馬は懐《ふところ》から出した覚え書きを見た。

「やや太《ふと》り肉《じし》、背丈は五尺（約百五十センチメートル）。紋所は沢瀉《おもだか》」

特徴がそこには記されていた。

「急ごう。行列に追いつかれるとは思わぬが、すぐに会えなかったらことだ」

「はっ」

二人が歩を進めた。

城内は軍事機密になる。参勤留守役とはいえ、正式な使者ではない外様の藩士を大《おお》手門《てもん》からなかへいれるわけにはいかなかった。

数馬は城下はずれにある検《あらた》め番所で名乗りを上げ、国家老安西との面談を求めた。

「加賀藩の御《ご》仁《じん》でございまするな。伺っておりまする。しばし、お待ちを」

幕府が定めた関所ではない。各藩が城下に胡乱《うろん》な者を入れないように設けた木戸と番所である。客座敷などあるはずもない。数馬は板の間に腰をかけ、石動庫之介は土間に立ったままで安西の到着を待った。

「高崎安藤家の臣、今野《こんの》作馬《さくま》でござる。安西がお待ち申しあげておりまする。どうぞ」

案内の若い侍が関所に現れた。

「加賀藩前田家留守居役瀬能数馬と申す。これは家士の石動庫之介」

数馬も名乗り、今野作馬の後に続いた。

「こちらで」

高崎城に近い家老の屋敷で、数馬は安西と面会した。

「……よしなにお願いをいたしまする」

関所の番人を含めて三度目の名乗りを終え、数馬は一礼した。

「安西監物《けんもつ》でござる。この度はご足労いただきかたじけのうござる」

五十歳に近い安西が若い数馬に礼を尽くした。

「失礼ながらその若さで留守居役とは、かなりおできになるようじゃ」

「とんでもございませぬ。戸惑っているばかりでございまする」

挨拶の続きのような雑談を終えて、数馬は本題に入った。

「さて、本日、当家の参勤行列が御領内を通らせていただきまする。これは挨拶とも言えぬ些細《ささい》なものでございまするが、お納めいただければ主《あるじ》加賀守も喜びまする」

数馬が石動庫之介に持たせていた白絹と白銀を安西の前に差し出した。

「これはごていねいなるご挨拶。主対馬守になりかわりまして、御礼申しあげまする」

安西が受け取った。

「こちらは加賀守より、ご仲介いただいた安西さまへの志でございまする。なにとぞ、お納めくださいますよう」

数馬は小判を一度見せてから、懐紙に包み、安西の膝元《ひざもと》へと押した。

「このようなお気遣いはかえって恐縮いたしまするが、加賀守さまからのお気遣いとあれば、ありがたくお受けいたしまする」

安西が懐紙を押しいただいた。

「ありがとうございまする。これで無事に任を果たせました」

数馬はほっとした。

現金だけに受け取るのを嫌がる者もいる。

「お気遣いだけで結構」

こう断わられるときもある。

「では、下げまする」

とはいかないのだ。なんとしても受け取らさなければならない。

人はものと金に弱い。たとえ握り飯一つでももらえば、頭をさげなければならないし、金をもらえば引け目を感じる。もし、参勤の行列がなにかしでかしたときに、家老や用人といった重職がこちらに付いてくれたら大きな効果が出る。

参勤留守居役の真の役目は、これにあった。

「いかがでござろう。当城下で行列に合流なさるのでござろう。作馬に関所まで行かせております。行列の姿が見えましたなら報《しら》せに参りますゆえ、お茶などと思いましたが……」

金の礼にとお茶でもと言いかけて、安西が止めた。

「当家自慢の庭をご覧いただきましょう」

茶と酒は疑念のもとになる。経験豊かな安西も参勤留守居役がものを口にしないというのを知っていた。

「ありがとう存じまする。では、お言葉に甘えまして」

酒席は遠慮しなければならないが、このまま安西と話をし続けるのも辛《つら》い。かといって城下町を勝手にうろつくのもまずい。もし、町人とぶつかっただとかでもめれば大変である。安西の申し出はありがたいものであった。

「では、ご案内いたしましょう」

安西が庭へと降りた。

「待っているよう」

座敷外の廊下で端座《たんざ》している石動庫之介に命じて、数馬は安西の後にしたがった。

「……大きな池でございますなあ」

数馬は庭の見事さに感嘆した。

「小堀流《こぼりりゅう》だそうでございますがな。拙者《せっしゃ》にはとんとわかりませぬ。この屋敷は安藤家が高崎に入る前から、こうであったのでございまして……」

安西が説明してくれた。

「少し休みましょうぞ」

一周近く歩いたところで、安西が足を止めた。

「…………」

わざとらしい休憩に数馬は警戒した。

「加賀守さまは、継室をどうなさるおつもりでございましょう」

「わたくしごときにはわかりませぬ」

確定した返事はまずい。数馬は綱紀の気持ち次第だと逃げた。

「当家には姫もなく、残念でございます」

安藤家に野心はないと安西が告げた。

「十日ほど前でございますか。当家の関所を数人の武家が駆け抜けて参りました。一応、誰何《すいか》をいたしましたところ、高遠鳥居《たかとおとりい》家のお方でございました」

「高遠の……」

数馬は眉《まゆ》をひそめた。

「どれ、そろそろ母屋へ戻りましょうか」

「…………」

促した安西に、数馬は無言で頭を下げた。

金の礼だと数馬は気づいていた。

高遠の鳥居家は譜代名門である。関ヶ原の合戦の緒戦、伏見《ふしみ》城の戦いで数万の大軍をわずか一千五百ほどで防ぎ、徳川家康が反撃の態勢を整えるためのときを稼いだ。城将鳥居元忠《もとただ》を始め全滅したが、その功績を家康は認め、鳥居家を山形二十四万石に封じた。

しかし、鳥居家は元忠の孫忠恒《ただつね》が跡継ぎなく死亡、山形二十四万石を改易されてしまった。もっとも名門の血筋を途絶えさせるわけにはいかないと、忠恒の弟に名跡を継がせたが、所領はわずか三万石余へと減らされた。鳥居家はそれを無念に思い、先祖同様の石高を取り戻そうとしており、秀忠の曾孫《そうそん》に当たる綱紀との縁を求めて、姫を継室に入れようと動いていた。

「行列が見えましてございまする」

座敷に入ってすぐに今野作馬が報せを持って来た。

「では、これで。ご厚意忘れませぬ」

「いえいえ。こちらこそ、加賀守さまへお目通りしてお礼を言上すべきとは存じておりますが、お足を止めては申しわけなし。よろしくお伝えのほどお願いいたしまする」

数馬と安西は別れの挨拶をした。

他家の城下を駆け抜けるのは無礼になる。行列は少し速度を落とし、高崎城下を抜けた。

「無事終わりましてございまする」

数馬は城下外れで行列に合流、供頭に成功だと報告した。

「ご苦労であった」

供頭がねぎらった。

「首藤どの」

数馬は話の続きがあると供頭の顔を見た。

「なんじゃ」

供頭は用人格である。数馬よりも身分はうえになる。尊大な態度は当然であった。

「ここでは……」

「他聞を憚《はばか》る話……宿まで待てるか」

高崎城下を出て、行列の速度はあがっているぞ。ここで休息に避けたいと供頭の首藤が言った。

「それで大事ございませぬ」

かまわぬと数馬はうなずいた。

「では、わたくしはもう一度離れまする」

高崎から安中は三里弱（約十一キロメートル）と近い。

数馬がわざわざ行列へ戻って来たのは、報告もあるが安中藩板倉家へ贈る白絹と白銀を受け取るためであった。参勤留守居役だといえ、別の大名へ渡す荷物を持って、他家を訪問するわけにはいかなかった。

「頼むぞ」

首藤の見送りを受けて、数馬は足を速め行列から離れた。

相手が違おうとも、差し出す土産が前田家とのかかわりや格などで変わるだけで参勤留守居役のすることは同じである。

高崎安藤家は奏者番として綱紀を担当することもある。それなりに気を遣わなければならないが、安中の板倉家は大番頭《おおばんがしら》であり、綱紀と絡むことはない。

数馬は通り一辺の挨拶ですませ、さっさと板倉家を辞去した。

行列は威風堂々を見せつけねばならぬとき、人と人の間をあるていど詰める。隙間《すきま》が多いと間の抜けた印象を与えてしまう。

だが、間合いを近づければ事故も起きやすくなる。

前の者が躓《つまず》いたのを避けきれず、将棋倒しになる。他にも担いでいる槍を落としたとき、誰かに当ててしまう、よそ見をしていて前の人にぶつかるなど、いろいろな問題が起きやすくなる。

そこで参勤交代の行列は、宿場や城下町を出たら、かなり前後の間を空けるのが慣例であった。

「やっと追いついたが、なんでこんなにいやがるんだ」

安中の城下を出たところで山本伊助がぼやいた。

「三千人だそうだぞ」

山本伊助の横に立つ浪人が感心した。

「馬鹿じゃねえか。こんな数で旅すれば、どれだけ金がかかるやら」

山本伊助があきれた。

「それよりも、的はどやつだ」

浪人者が問うた。

「まだ見えねえ」

山本伊助が首を横に振った。

「だがの、軍師どのよ。まさか、この行列に斬りこんで的を射よなどと言うまいな」

「一条どのは弱気だな」

「まさに、まさに。見られよ。柄袋《つかぶくろ》をしておる。あれでは咄嗟《とっさ》に抜けまい。もたついている間に的をやればすむ。簡単な話である」

山本伊助の後ろに控えていた浪人者二人が嘲《あざけ》った。

柄袋とは刀の柄から鞘《さや》の一部までを覆う袋状の布のことだ。道中に使用され、雨水などが入りこむのを防いだ。

鍔《つば》の鞘側で締めつけるように紐《ひも》があり、柄袋をしていると刀は抜けなくなる。

「威勢がよいの」

山本伊助が笑った。

「いや、そのていどで二十四将だというならば、我らはすでにそうであろう。軍師どのよ」

控えの浪人のうち、歳嵩《としかさ》のほうが山本伊助を見た。

「今回、うまくいけば正式に二十四将となるが、それまでは先達《せんだつ》に気を遣え、曽根兄弟」

　山本伊助が諌《いさ》めた。

「……わかりましてござる」

「…………」

　不服げに曾根兄弟と言われた二人の浪人が退いた。

「あれではないか」

　山本伊助に並んでいた一条が、行列の中央を指さした。

「どこでござんすか。一条さん」

「あれだ。駕籠の手前左の若い侍。あれがお館さまから伺った人相に合致しておるように思うぞ」

　一条が指さした。

「……あいつだ」

　山本伊助の声が低くなった。

「どれでござる」

「…………」

　一条の指先を見るため曾根兄弟が身を乗り出した。

「若いではないか」

曾根兄が数馬を見てあきれた。

「うむ」

曾根弟も同意した。

「あれに手間取ったのか……二十四将も落ちたものだ」

「兄者」

馬鹿にした兄を弟が押さえた。

「黙っておれ」

一条が怒気を露《あら》わにした。

「なにっ」

叱《しか》られた曾根兄が反発した。

「少なくとも、飯富《おぶ》、多田はそなたよりも強い」

「一条さん、落ち着いて」

山本伊助が宥《なだ》めた。

「今度は失敗できませんので、仲違いは御法度」

「……わかった」

「承知」

「…………」

三人が口げんかを止めた。

「今回は慌《あわ》てずにじっくりいきますので、焦《あせ》っての手出しは厳禁でお願いしますよ」

山本伊助が釘を刺した。

「曾根兄弟さんはとくに、落ち着いて。まちがえても行列へ斬りこんだりしないでくださいよ。わたしの指示に従えなければ、二十四将への昇格はなしになりますよ」

「わかっている」

曾根兄が嫌そうな顔をした。

「さて、行列の様子を見ながら跡を付けましょう。隙《すき》を見つけなければ話になりませんで」

山本伊助が歩き出した。

三日目の宿は本庄から十二里強（約四十九キロメートル）で、中山道最大の難所碓氷峠《うすいとうげ》の麓《ふもと》にある宿場坂本《さかもと》である。

昨日よりも距離は短いが、それでも宿場へ着いたのは日暮れ近かった。

「瀬能」

供頭の首藤が、手甲《てっこう》、脚絆《きゃはん》を解いているところへ、呼びに来た。

「殿の御前へ参るぞ」

「ただちに」

数馬は急いで旅装を解き、首藤に従った。

本陣の主客室で、綱紀が酒を酌《く》んでいた。

「殿、首藤でございまする」

次の間で首藤が手を突いた。数馬も倣《なら》う。

「どうした」

綱紀が盃《さかずき》を置いた。

「お休みのところを畏れ入りまする。瀬能からご報告がございまする」

首藤が数馬に振った。

「瀬能、前に出よ」

綱紀が手招きした。

「はっ」

首藤の隣に、数馬は腰を下ろした。江戸へ出ていろいろともまれた数馬は、主君の指示でも上役より前に出るまずさを学んでいた。

「……他聞を憚るのか」

数馬の態度にほんの少し眉《まゆ》をひそめた綱紀が訊いた。

「はい」

数馬はうなずいた。

「二人とも襖際《ふすまぎわ》まで来い」

綱紀が首藤と数馬を側《そば》に呼んだ。

「で、なにがあった」

「高崎で……」

数馬が高崎の国家老次席安西から聞いた話を報告した。

「鳥居家が急使を国元へ出した……か」

綱紀が一度置いた盃を取りあげ、口に運んだ。

「ああ、許せよ。一日駕籠に詰めこまれているのは、身体《からだ》も心も疲れるのでな」

酒を呑んでいることを綱紀が詫《わ》びた。

「どう思う」

端的に綱紀が数馬へ問うた。

「………」

ちらと数馬は首藤を見た。

「お答えいたせ、瀬能」

首藤が促した。

「はい。おそらくは継室の問題ではないかと」

数馬が応じた。

「だろうな」

綱紀も同意した。

「どうやって来ると思う」

「そこまでは……」

問われて数馬はうつむいた。

「首藤、鳥居家の城下、高遠はかなり西であるな」

「はい。わたくしどもが北国《ほっこく》街道へと分かれる追分よりも向こうになりまする」

綱紀の確認に首藤が首肯した。

「行列は高遠を通らぬ。ふむう。追分と高遠はどれくらい離れておる」

「しばしお待ちを。今、本陣の者へ尋ねて参りまする」

すばやく首藤が立っていった。

「瀬能、おぬしが鳥居の留守居役だとしたら、どのような手を打つ」

二人になったところで綱紀が質問した。

「…………」

言われた数馬は悩んだ。

「まさか、余《よ》を高遠へ招待する気ではなかろう」

「そのようなまねはいたしますまい」

参勤交代の行列は決められた行路以外を通れない。無理矢理変えさせれば、前田家との衝突が起こる。どころか幕府からの咎《とが》めもある。

「鳥居どのが国元におられるならば、会いに来るということもあるな」

「それはありえますする」

数馬も納得した。

「お待たせをいたしましてございまする」

首藤が戻って来た。

「どうであった」

「本陣の主によりまするというと、追分宿から下諏訪《しもすわ》まで十五里（約六十キロメートル）ほどだそうでございまする」

問われた首藤が報告した。

「十五里か……二日あればいけるな」

前田家の参勤交代が異常なだけで、普通の行列ならば一日十里（約四十キロメートル）ほど進めばいい。

「十日前だったそうだな。高崎を鳥居家の者が通過したのは」

「そのように伺いました」

確かめる綱紀に、数馬は答えた。

「十分だな。高遠まで向かい、そこから追分まで来る。準備をいれても六日もあれば余裕をもっていけるか」

綱紀が計算した。

「首藤、追分の足軽継《あしがるつぎ》へ連絡をいたせ」

足軽継とは、前田家が江戸と金沢の間の宿場に設けている連絡網である。足の早い足軽が選ばれ、次の宿場まで休みなく走る。江戸から金沢までを十数人が引き継ぐだけに、疲れることなく駆け続けられる。最速二昼夜で江戸と金沢を走った。

「どのような指示を出しましょうや」

首藤が尋ねた。

「追分へ鳥居家の行列が入ったのを見たら、すぐに報せに来いと。夜中でも朝方でもかまわぬともな」

詳細をこめて綱紀が指図した。

「承知」

首藤が坂本宿に常駐している足軽継のもとへと出ていった。

「瀬能、ご苦労であった。下がって休め。次は小諸《こもろ》であったな」

「はい。小諸藩松平美作守《みまさかのかみ》さまでございまする」

数馬が述べた。

「うむ。金沢まで油断をするな」

「はっ」

藩主の訓戒を受けた数馬は手を突いた。

三

鳥居家高遠藩に、江戸からの使者が着いた。

「江戸からの急使だと」

在国していた鳥居左《さ》京《きよう》亮《のすけ》忠則《ただのり》が目を大きくした。

「これへ」

急使はよほどのことがないかぎり出されることはない。江戸表でなにがあったかと鳥居忠則は気色ばんだ。

鳥居家は一度痛い目に遭《あ》っている。父鳥居主膳《しゆぜんの》正《しよう》忠春《ただはる》の兄左京亮忠恒が世継ぎなしで病死してしまったため、改易の憂《う》き目《め》に遭った。幸い、名門を残すという幕府の慣例によって主膳正忠春に名跡継承は許されたが、所領は八分の一に減らされた。

忠義無双と讃《たた》えられた鳥居元忠の子孫として、凡百の譜代大名と同じ石高に落とされたことは大きな屈辱であった。

「なんとしてもかつての石高へ」

鳥居忠則が復権を誓ったのは当然であった。

「殿、御前を騒がせ、申しわけもございませぬ」

急使が御座の間前の廊下に手を突いた。

「なにがあった。申せ」

羹《あつもの》に懲《こ》りて膾《なます》を吹く。またも幕府から咎めが出たのかと鳥居忠則が焦《あせ》った。使者を次の間へ招き入れもせず、廊下での応答を命じた。

「はっ。加賀前田公、参勤交代で江戸を発せられましてございまする」

「……なんじゃ、それは。前田家のつごうなどかかわりないぞ」

予想外の報せに鳥居忠則が唖然《あぜん》とした。

「殿、よろしゅうございましょうか」

同席していた国家老が発言を求めた。

「許す」

鳥居忠則が認めた。

「じつは先日、加賀前田公が継室をお求めとの書状が江戸より参りました」

「前田公が継室を……なるほど。瀧《たき》を前田家に輿入れさせるのだな」

鳥居家の復権を願っている忠則である。すぐに真意を悟った。

「だが、それは江戸で留守居役がすべきことであろう」

大名同士の婚姻《こんいん》は、最初留守居役同士が交渉を重ね、合意したところで藩主の許可をとなる。鳥居忠則が首をかしげた。

「前田家の継室でございまする。江戸では敵が多すぎまする」

「なるほどな。たしかに百万石とはいえ、継室とあれば多少の格落ちは問題にならぬ。有象無象が動くのも無理はないな」

鳥居忠則が理解した。

「前田公は外様最大の百万石の主《あるじ》として、御三家の方々とも親しく、幕府への影響力もはなはだお持ちでございまする。縁を結んで当家の損になることはございませぬ」

国家老が力説した。

「しかし、堀田備中守さまとの仲は今ひとつと聞いたぞ。次の執政筆頭どのと不仲な前田家と縁を繋《つな》いで大事ないのか」

一度潰されただけに、鳥居忠則は慎重であった。

「たしかに仰《おお》せのとおりではございまするが、今の当家にとってこれ以上の良縁は望めませぬ」

国家老が首を横に振った。

「鳥居の名前でも無理か」

「難しゅうございまする」

「一度傷が付いた家は、避けられる……」

否定された鳥居忠則が苦い顔をした。

「では、前田家も引き受けまい」

鳥居忠則が綱紀も嫌がるだろうと言った。

「わかっておりまする。普通のやり方では間に合いませぬ」

国家老も同意した。

「どうするのだ。余が前田公の前まで出向いて頼みこむか」

藩主の訪問はさすがに拒めない。参勤中であるため、長時間は無理でも半刻（約一時間）ほどの面会ならばできる。

「それもよろしいかと思いまするが、より強力な手段を執《と》るべきかと」

鳥居忠則の言葉を褒《ほ》めながら、国家老が別の手立てを勧めた。

「どうするのだ」

「瀧姫さまにお出向き願いまする」

訊いた主君に国家老が告げた。

「瀧を……行かせると言うか」

思いもよらなかった提案に、鳥居忠則が驚愕《きようがく》した。

「姫がご訪問なされば、それだけで策はなりまする」

大名家である。嫁に行く姫は純潔でなければならない。再婚の場合もあるが、初婚であればこれは絶対の慣習であった。

「同じ本陣へ姫を行かせるなど、傷物にするも同然ぞ」

武家は男女のことにうるさい。男女七歳にして同席せずは絶対であった。

「ゆえにこちらから強く出られまする。姫を傷物にして責任も取られぬのかと」

国家老が述べた。

「外聞を気にする前田家でござる。これだけで折れましょう」

「しかしだな。姫を道具にするのは……」

鳥居忠則が二の足を踏んだ。成功すればいいが、しくじれば姫に傷だけが残り、まず他家への輿入れはできなくなった。よくて縁のある旗本へ嫁入り、通常だと家臣へ降嫁、下手をすれば尼寺行きになる。

「殿、当家を旧に復すためでございまする」

国家老が迫った。

「むううう」

鳥居忠則が唸《うな》った。

「百万石の継室になられれば、瀧姫さまも贅沢《ぜいたく》のし放題でございまする」

「瀧も幸福になるか」

三万石ていどの大名はどこも貧しい。一年の年貢で得られる金は五公五民で一万五千石しかない。そのうち七割が藩士たちの知行、禄《ろく》、扶持《ふち》で消えていく。残りはわずか三千石、金にすれば二千七百両ほどしかない。この金額で江戸と国元の費用を賄《まかな》わなければならない。もともと三万石の家ならばその格ですむが、鳥居家は先々代まで二十四万石、譜代大名では彦根《ひこね》の井伊《いい》家に次ぐ格式を誇っている。

八分の一の石高へ減らされたからといって、いきなり生活を質素にしたり、かつてのつきあいを切り捨てることはできない。大名としての矜持《きょうじ》が、どうしても現実を受け入れさせないのだ。

鳥居家もそうであった。

「すぐに旧禄へ復するのだ。そのときに家臣が足りぬでは困る。なにより代々仕えてくれた者たちをむげに扱うには忍びない」

鳥居忠則は、放逐《ほうちく》しなければならない家臣たちを抱え続けた。

人ほど金を喰《く》うものはない。そこに二十四万石の格式の生活をしては、金など足るはずもない。

鳥居家の内証《ないしょう》は火の車であった。

当主である鳥居忠則は外聞があるゆえ、相応の格好をしているが、国元に隠している姫までは金が回らない。

「お衣装もお化粧道具も加賀へ嫁がれれば、思いのままでございまする」

国家老がとどめを刺した。

「……わかった。瀧を嫁に出す」

「ご英断でございまする」

決断した鳥居忠則を国家老が褒めた。

「手配はどうすればいい」

「お任せを願いまする」

国家老が預けてくれと言った。

鳥居忠春は異母兄の忠恒との仲が悪く、世継ぎとして扱われていなかった。色々あって潰された名門の救済処置として三万石まで減らされた高遠藩の当主になったが、その少し前までは兄の厳しい監視の下で、藩主一門ともいえない生活を送ってきた。当然、鳥居忠春の息子忠則にも、藩主となるべき者が受ける教育がなされていなかった。

「どうすればいい」

「任せる。よきにはからえ」

なにをしていいのかわからないのだ。鳥居忠則は藩政を家老たちに丸投げしていた。

「ただちに用意に入りまする」

国家老が下がった。

女の用意には手間がかかる。なにせ姫行列である。警固《けいご》の侍、陸尺、小者などは男ですむが、姫の身の廻《まわ》りの世話をするのは女中でなければならない。徒歩《かち》で走るとまでいわなくとも早足で追分宿まで行くのだ。それに耐えられるものを選ぶだけでも一騒動である。

「是非《ぜひ》、それがしをお供にお加えくださいませ」

「拙者は剣術を好んでおりまする。姫さまの道中はご安心いただけましょうほどに」

予想外だったのは、多くの藩士が駕籠脇を務めたいと願い出てきたことであった。

「どういうことだ……」

足弱な女たちを連れて、過酷な旅に出る。嫌がって普通、なんとかして避けたいと考える連中をどうやって納得させるかと思案していた国家老が困惑した。

「……なんと」

少し調べて見ると、要望が多かった理由はわかった。

「姫が輿入れなされば、婚礼の供たちは前田家へと転籍になる。三万石で出世しても百石内外の鳥居家よりも、うまくいけば千石を狙える前田家がよいと申すか」

事情を知った国家老が嘆息した。

「わからぬではないが……」

一度潰れた藩に飛躍はない。よほどの運に恵まれれば五万石くらいまでは望めるが、難しい。ならば姫の輿入れを機に思いきって百万石へ転籍、姫が綱紀の寵愛《ちょうあい》を受ければ鳥居家から来た者たちにも恩恵はある。

「家臣として主家を見限るに近い行為ぞ」

忠義に反する。

「だが、遣える」

国家老が懐紙を出し、そこへ人名を書き連ねた。

「殿が残されたが当家にとって不要な人物、遣えるが儂《わし》に逆らう者ども。こやつらを放り出す好機だ」

暗い笑いを国家老が浮かべた。

いろいろな思惑を含んだ姫行列は、五日後、高遠城下町を発《た》った。

「前田家と縁戚になれば、金の苦労はなくなる。手厚い援助を受けられるであろう。瀧が世継ぎでも産めば……」

去って行く行列を高遠城でもっとも高い辰巳櫓《たつみやぐら》の上から見送った鳥居忠則が夢を追うような顔をした。

四

碓氷峠は中山道最大の難所である。峠の高さ三百十七丈（約九百六十メートル）だけではなく、峠道は急坂の上、曲がりくねっている。また、浅間山《あさまやま》の噴火によって飛んできた火山石が転がっていた。

「どうした、瀬能」

供頭の首藤が数馬の緊張振りに怪訝《けげん》な顔をした。

「前田直作《なおなり》どのの供をして、金沢から江戸へ向かうとき、ここで襲撃を受けました」

数馬は警戒をすべきだと首藤に述べた。

「大事ない。三千の行列に斬りこんでくる愚か者などおるまい。殿の御駕籠へたどり着く前に討ち取れよう」

「鉄炮《てっぽう》もございました」

「なにっ」

飛び道具まで持ち出してきたと言われた首藤の顔色が変わった。

「話せ」

詳細を語れと首藤が命じた。

「……とこのような形になりましてございまする」

歩きながら数馬があのときのことを告げた。

「よく前田直作どのを護りとおせたの」

首藤が感心した。

「いえ、鉄炮を二度撃たせたのは油断でござった」

数馬が苦い顔をした。

敵が鉄炮を遣ってくるとわかっていたため、前田直作の身代わりとなる人形を作り、それを狙撃させた。そこまでは良かったが、鉄炮を撃った後、襲い来た刺客との交戦に気を取られ、鉄炮がまだ生きていることを頭から外してしまった。

「一度しか撃てぬと思いこむのは当然だ」

首藤が宥《なだ》めた。

火縄銃は一発放った後、銃身の内部にこびりついた火薬かすを掃除してからでないと次弾の装塡《そうてん》ができない。だけでなく、次弾も炸薬《さくやく》を入れて突き固めた後弾を落とし、それから火縄に火を付けて狙いを定めるといった手順が要る。とても連発できるものではなかった。

「殿を狙って来ると考えておるのか」

「あのおりの残党はまだ残っておりまする」

問うた首藤に、数馬は懸念を口にした。

「今回の国入りを急がれているのは、そのためでもある」

首藤がうなずいた。

「本多翁がおられるゆえ、国元で騒動が起こることはないだろうが……いかに筆頭宿老とはいえ、本多翁は前田家の臣でしかない。万石をこえる六家をどうこうする権は持っておられぬ」

「はい」

数馬は本多政長の力を目の当たりにしている。しかし、それは限定されたものでしかないとわかっていた。そうでなければならないのだ。家老が勝手に他の重職を改易、降格、減禄などできるようでは、藩士たちの反発を買い、より大きな騒動のもとになる。

「駕籠脇で騒がしい」

いつのまにか、綱紀が駕籠の戸を開けていた。

「これは、申しわけございませぬ」

「すみませぬ」

首藤と数馬が詫びた。

「足を止めるな。行列が乱れる」

膝《ひざ》を突こうとした二人を綱紀が制した。

「瀬能、近うよれ」

綱紀が数馬を呼んだ。

「はっ」

小腰を屈《かが》めた姿勢で数馬は駕籠の速度に合わせた。

「少し前、本多の爺《じい》から手紙が来た。藩内に不穏な動きがあるとな。琴が襲われたらしい」

「……………」

琴の安全を考えて数馬は一度佐奈を国元へ返している。その佐奈から琴が襲われた経緯は聞かされていたが、ここで綱紀に知っているとは言えなかった。

「その顔は知っているな。琴のことになると顔色の変わるそなたが平然としている」

あっさりと綱紀に見抜かれた。

「……存じておりまする」

数馬は小腰を屈めた窮屈《きゅうくつ》な姿勢のまま、頭を下げた。

「許嫁《いいなずけ》同士だ。書状の遣《や》り取《と》りくらいはするだろう。琴が無事でよかったな」

「かたじけないお言葉」

無事を祝ってくれた綱紀に数馬は礼を言った。

「なれど、筆頭宿老の娘が城下で襲われた。これはありえていい話ではない」

「………………」

表情の変わった綱紀に、数馬は黙った。

「このまま放置しておくわけにはいかぬ。放っておけば、騒動は外に漏れる。分家の富山と大聖寺《だいしょうじ》はまだ押さえられようが、福井の松平と幕府領の飛騨《ひだ》代官が知れば面倒になる」

加賀の前田家は藩境を分家二つと、徳川家康の次男秀康を祖とする福井松平家と徳川家が領している飛騨と接している。

「大鉈《おおなた》を振るわねばならぬ。場合によっては一門といえども腹切らす。その覚悟を見せつけるため、十日という急ぎ旅をかけさせている」

綱紀が強行軍の理由を知らせた。

「藩主が江戸から駆け戻ってきた。国元の家臣どもはなにごとかと緊張するであろう。愚か者だと焦って暴発するだろうし、少し賢い者ならば大人《おとな》しくなろう。もっと悪い奴は他人に責を押しつけてかかわりのない振りをしよう。それらをすべて見抜いて、処罰する。それは当主たる余の仕事じゃ」

「畏れ入りました」

綱紀の決意に、数馬は敬服した。

「そなたも働いてもらうぞ」

「身命《しんみよう》を賭《と》しまして」

「うむ。あまり駕籠脇で騒ぐなよ。他の者が不安に思う」

誓った数馬に注意をして綱紀が駕籠の戸を閉めた。

「お叱りを受けたな」

「はい。うかつでございました。外でする話では……」

首藤へ数馬は反省を見せた。

「いや、よかったと思うぞ。見ろ、周りを」

「…………」

うながされた数馬は、駕籠脇の藩士たちの様子を窺《うかが》った。

「これは……」

参勤行列は宿場を出るとだらけるのが普通である。長い旅路、四六時中緊張していては身が持たない。物見遊山とまではいわないが、それに近い状態になることも多い。

その藩士たちが緊張しつつ、周囲を警戒していた。

「供先三品をもう少し下がらせろ。非番もだ。離れすぎていると通過してから刺客が出てきたのに気づかぬことになる」

「山側へ人を動かせ。崖側から襲撃はありえぬ。弓矢鉄炮の盾《たて》となるのだ」

藩士たちが目つきを変えていた。

「このなかで実際に人と戦ったことのある者は、そなただけであろう。頼むぞ」

首藤に数馬は背中を叩かれた。

坂本宿から峠を挟んで反対の軽井沢宿までは二里三十四町（約十一・六キロメートル強）しかない。とはいえ峠道の上り下りである。平地ならば二刻（四時間）も要らない距離を、加賀藩の参勤行列は四刻かけた。

「小休止を取る」

首藤が休息を指示した。

「無事に来たな」

「はい」

休憩とはいえ加賀藩主は本陣に入る。駕籠が本陣へ運びこまれるのを見ながら、首藤と数馬は安堵《あんど》のため息を吐いた。

「今日は追分泊であったな。五里ほどしか歩かぬが、周りを気にしながらの行列は疲れる」

軽井沢から追分までは二里と八町（約九キロメートル）と近い。しかし、それ以上進むだけの気力はないと首藤が嘆息した。

「行けたとしても宿の手配ができておりません」

参勤行列はいつどこに泊まるかをあらかじめ決めている。大雨や川留め、崖崩れなどで足留めを喰《く》らうと、行程すべてが狂う。

「わかっておるわ」

行程の管理は供頭の仕事である。

「瀬能」

「はい」

「来ると思うか」

「鳥居さまでございますか」

「ああ」

数馬の確認に首藤がうなずいた。

「まちがいなく来られましょう」

「面倒だな」

首藤が頰《ほお》をゆがめた。

「断りを入れられぬか」

「難しゅうございましょう」

言われた数馬が首を横に振った。

「留守居役としてどうにかいたせ」

「御当主さまご本人がお見えであれば、とてもわたくしでは及びませぬ」

かつては旗本であり鳥居忠則と同格であった数馬だが、今は加賀藩士になり陪臣になっている。目通りを願ったところで断られれば、それ以上言えない。

「向こうは殿に会うために来るのでございまする。とても止められませぬ」

「そうか……」

首藤が瞑目《めいもく》した。

「会うのは避けられませぬ。あとは殿にお願いするしかないかと」

「申しわけなき仕儀ながら、そうなるか」

数馬の言葉に首藤が肩を落とした。

「供頭さま」

本陣前で話していた二人のもとへ、供先三品の足軽が駆けつけてきた。

「なにごとぞ。宿場で騒ぎを起こしたのではなかろうな」

参勤交代は天下に大名家の威容を見せつけるものでもある。その行列が宿場で暴れたり、女に無体をしかけたりしては、名前に傷が付く。

ことをうまく押さえきれればいいが、それを失敗して広まってしまうと供頭の責任になる。下手をすれば切腹しなければならなくなった。

「いえ、追分宿から足軽継が参りました」

「足軽継だと」

供先三品の報告に、首藤が数馬を見た。

「あちらに来たようでございまする」

「足軽継をここへ」

首藤が詳細を聞きたいと足軽継を呼んだ。

第五章　本陣の策

一

足軽継《あしがるつぎ》はその役目上、藩主への目通りが許されている。

「ついて参れ。殿にご報告申しあげねばならぬ」

供頭《ともがしら》の首藤が、足軽継を本陣へと誘った。

「瀬能、おぬしも来い」

「はっ」

同行を命じられて数馬は後に続いた。

「……やはりか」

足軽継の姿を見た瞬間に、綱紀《つなのり》が嫌そうな顔をした。

「で、鳥居左《さ》京《きようのすけ》亮忠則《ただのり》どのは本陣か」

いかに前田家が押さえてあるとはいえ、直接譜代大名が来れば本陣も断りにくい。断って後々なにかされては困るのだ。本陣としては、受け入れるだけ受け入れておいて、後の交渉を前田家に丸投げするしかない。

「それが……」

足軽継がなんともいえない表情をした。

「どうした」

綱紀が促した。

「お見えになったのがどなたかはわかりませぬが、鳥居家の家紋である二本竹に雀《すずめ》の紋が入った女駕籠《おんなかご》でございました」

足軽継は宿場の情報を収集するのも仕事である。参勤交代でその宿場を通過する大名の家紋を覚えるのも任の一つといえた。

「どういうことだ、首藤。偶然、姫の出府行列が追分《おいわけ》宿で休憩を取っただけということか」

綱紀が困惑した。

「それはあり得ませぬ。追分と軽井沢《かるいざわ》の間は近うございまする。出府をするならば軽井沢まで進んでおき、十分休んでおかねば、碓氷峠《うすいとうげ》越えは女人にきつすぎましょう」

首藤が綱紀の予測を否定した。

「となるとだ……瀬能」

今度はおまえが意見を出せと綱紀が数馬を見た。

「おそらくは、直接姫君さまと殿を会わせることで、見合いの形をなすおつもりではございますまいか。今夜、殿がお泊まりになる本陣へ先に入った。本陣に二人の客がいる形でございまする」

「うむ」

綱紀が先を促した。

「この場合、本陣宿はなにもいたしませぬ。本来の宿泊人である前田家が、鳥居家と交渉し、穏便に出ていってもらう形を取らざるを得ませぬ」

「余《よ》が脇本陣などへ宿を移すわけにはいかぬ。前田家が鳥居家に負けたと天下の笑いものになるからな」

大名は面目を大事にする。これが御三家あるいは将軍の姫ならば、譲って当然であり、退かないほうがまちがいになる。が、いかに名門譜代とはいえ三万石そこそこの小大名に、百万石が遠慮するわけにはいかなかった。

「交渉はそなたの役目であろう」

他家との遣《や》り取《と》りは留守居役の任であると綱紀が数馬に言った。

「さようでございますが、応じるとは思えませぬ」

「まあ、そうだな」

首を振った数馬を綱紀は認めた。

「頑《がん》として交渉に応じず、本陣に居続けるとなれば、余が出るしかなくなる」

さすがに綱紀が出てくれれば、相手も応じざるを得ない。そこで我を張れば、鳥居家がものを知らない、あるいは道理のつうじない愚か者だとなる。

「そして余が出れば、相手側は姫を出してくる」

「はい」

数馬はうなずいた。

「本陣の奥の間で余と姫が交渉をするとなれば、見合いと強弁できるな」

「おそらく」

首藤も同意した。

「大名家の姫ともなると一門以外の男、あるいは家臣と会うことはない。輿《こし》入れ前に他の大名と顔合わせをしたなどと噂《うわさ》になれば、婚姻《こんいん》の申しこみはなくなる」

綱紀が頬《ほお》をゆがめた。

大名同士の婚姻において、見合いはほとんど婚約と同義であった。

「捨て身の策に出てきたな」

綱紀が嘆息した。

「いかがいたしましょう」

本陣に泊まらぬわけにはいかず、姫と顔を合わせるのもまずい。首藤も戸惑ってい
た。

「むうう」

さすがの綱紀も唸《うな》った。

「……殿」

数馬が発言の許可を求めた。

「一々訊《き》かずともよい。危急の場である。好きに申してよい」

綱紀が礼を守っている場合ではないと許した。

「どうしても追分の本陣に泊まらねばなりませぬか」

「…………」

数馬の問いかけに綱紀が黙った。

「本陣への前触れはいたしてございますが、雨や街道の状況などで予定通りに行程が進まぬときもございまする」

「なるほどな」

すぐに綱紀が理解した。

「峠越えで疲れが出たゆえ、本日は軽井沢で泊まり、明日出発とするか」

「本陣が空いているか、他の宿がどうかを問い合わせて参りまする」

綱紀の話を聞いた首藤が腰をあげた。

「いえ、それはよろしくないかと」

数馬が首藤を止めた。

「なぜじゃ。軽井沢に泊まるのならば、早めに手配をせぬと供たちが野宿になりかねぬ。いかに初夏とはいえ、屋根のないところで過ごさせるのはかわいそうであるぞ」

首藤が数馬を責めた。

「軽井沢には泊まりませぬ」

「なにを申しておる」

数馬の案に綱紀も首をかしげた。

「今夜軽井沢で過ごされれば、明日、追分を過ることになりまする」

「当然だな。追分で中山道から北国街道《ほっこく》へと移るわけだからな」

言う数馬に、綱紀が首を縦に振った。

「待ち伏せされまする。追分の本陣へは泊まらずの連絡を入れねばなりませぬ。となれば鳥居家も我らが軽井沢に泊まり、明日追分を通過すると知られましょう」

「会わずにすませられぬか」

「難しゅうございましょう。本陣のなかで顔を合わすよりはましでしょうが、追分宿のなかほどで、姫駕籠を止めて待たれれば……」

「駕籠の扉を開けて挨拶《あいさつ》をされたら、受けないわけにはいかないか」

礼儀を無視するわけにはいかない。綱紀が目を閉じた。

「どうするのだ」

首藤が数馬に詰め寄った。

「今から十分に身体《からだ》を休め、夜旅をかけ、明け方までに追分の宿を遠くいたせば」

「ふむ。それでは当家が鳥居家から逃げたと取られぬか」

本陣にはすでに前田加賀守宿泊の看板が掛かっている。少なくとも宿場の者は、前田家の行列が来ると知っていた。

「わたくしが今から走りまする。そして本陣と交渉、看板を下ろさせまする。夜までに看板を外せば、当家は追分宿に泊まらずともすみましょう。理由としては、夜旅の修練だとでも」

「夜旅の修練か。おもしろい。参勤は行軍じゃ。戦《いくさ》となれば、雨も夜もかかわりないな。それならば旅程の遅れを取り戻すための理由にもなる。また、前田の武名を高めることにもなる。前田家は参勤の最中も常在戦場だとな」

綱紀が笑った。

形式だけで、実情とは違う。とはいえ、形さえ整っていれば、非難されたところでどうというほどでもなくなった。

「いささか金を遣《つか》わざるを得ませぬが」

「本陣と宿屋への支払いだな」

申しわけなさそうな数馬に、綱紀が言った。

「はい。我らが泊まるとして旅籠や木賃宿などを空けさせました。その弁済をいたさねば、口さがない者どもがなにを言い出すか」

数馬は懸念を口にした。

「北国街道との合流をする追分宿は中山道でもっとも旅人が多いところだ。そこで前田は勝手に宿を替え、迷惑料も払わなかった。と噂されてはたまらぬな」

綱紀が嘆息した。

「よかろう。十分に手当をいたせ。本陣にその分の金を渡し、分配させれば手間はからぬな」

本陣は宿場を取り仕切ってもいる。多少の上前ははねるだろうが、一軒一軒、宿屋を訪れて金を払うよりは確実で早く処理が終わる。

「そうさせていただきまする」

数馬が手を突いた。

「では、早速《さっそく》に勘定《かんじょう》頭《がしら》どのへ」

そう言って数馬は立ちあがった。

「待て、瀬能」

今度は綱紀が数馬を止めた。

「…………」

立ったままで主君の言葉を聞くわけにはいかない。数馬は片膝《かたひざ》を突いて頭《こうべ》を垂れた。

「鳥居家のお陰で散財させられた。これの始末をどうつける」

綱紀が問うた。

「……かならず、江戸でこの貸しは取り立てまする」

数馬が宣言した。

「よかろう。余は鳥居を決して許さぬ。末代まで前田は鳥居と縁を結ばぬ。それだけは覚えておけ」

「肝《きも》に銘《めい》じましてございまする」

平伏して数馬は、綱紀の御前から下がった。

「首藤、似てきておらぬか」

数馬の消えたほうを見ながら綱紀が、首藤に話しかけた。

「瀬能がでございまするか」

「そうよ。鳥居家の策をかわして見せたやり方、相手が次に出してくるだろう手立てまで見抜いているところ。そっくりではないか」

綱紀が首藤を見た。

「はあ……」

「わからぬか」

あいまいな返答をした首藤に、綱紀があきれた。

「爺《じい》じゃ。あの先の先まで見通すようなまねは本多の爺にそっくりじゃ」

「ああ」

言われた首藤が手を打った。

「もっとも爺ならば、鳥居を出し抜くだけでなく、手痛い反撃をこの場で喰《く》らわせるがな」

綱紀が苦笑した。

「なるほど、まさに」

それには首藤も同意した。

「よい婿《むこ》を選んだな、爺は。琴には余よりもふさわしい」

寂しげな顔で綱紀が呟《つぶや》いた。

二

勘定方より百五十両という大金を受け取った数馬は、落とさないようしっかりと腹に金包みを縛《しば》り付け、街道を急いだ。

「なんとしても日暮れまでに本陣の看板を下ろさせねばならぬ」

すでに昼は過ぎている。日が長くなりつつあるとはいえ、交渉に手間取れば間に合うかどうかぎりぎりになる。

「承知」

石動庫之介が首肯《しゅこう》した。

追分宿の江戸側、前田家が来る方向に鳥居家が物見を出しているのはまちがいなかった。そこへ多人数で駆けこめば目立つ。もし、数馬の意図を見抜かれてしまえば、本陣との交渉に横やりを入れてきかねない。

数馬たちは前田家の者だとばれないようにして、本陣へと着かなければならない。そのため数馬は他の藩士を引き連れず、家士の石動庫之介だけを供にしていた。

「おい、今のは」

軽井沢の宿場、その京側を出たところにある御堂で休んでいた山本伊助たちが、通り過ぎていった数馬たちに気づいた。

「どうした、軍師どの」

一条が声をかけた。

「今、あやつが通った」

山本伊助が数馬の背中を指さした。

「……行列が動き出した素振りはないが……供先《ともさき》の連中は見たのかの」

一条が軽井沢の宿場のほうを見た。

「いや、供先は通っていないが、あやつに違いない」

「軍師のいうことなれば、まちがいはないと思うが……万一もある。おい、曾根。宿場を見て参れ」

一条が曾根兄弟に指示した。

「なぜ、おまえのいうことを聞かねばならぬのだ」

曾根兄が拒否した。

「今の話を聞いていなかったのか、おまえは」

一条があきれた。

「聞いていた。だが、我らはお館さまにだけ仕えている。おまえの手下ではない」

一層《いっそう》、曾根兄が反発した。

「軍師、遣えないにもほどがある」

一条が山本伊助へ苦情を申し立てた。

「そんなことより、あいつが先に行ってしまいやす」

山本伊助が焦《あせ》った。

「敵はあれか。我らがやる。いくぞ、弟」

「おうよ、兄者」

「ま、待て」

一条の制止を無視して、曾根兄弟が走っていった。

「馬鹿が。軍師、我らで宿場を確認するぞ。もし、行列が残っていたならば、人違いやも知れぬ。そうであれば見逃すことになりかねぬ」

「一条さんの言いぶんにも理はございますが、もしあれだったら、追いつけませんよ」

山本伊助が渋った。

「そのときは問屋場で駕籠でも馬でも借りればいい」

「しかし……」

まだ山本伊助は納得しなかった。

「おかしいぞ、軍師。普段ならば、おぬしが慎重にと、荒ぶる我らを抑えに回るというに。どうしたのだ」

一条が山本伊助の目を覗《のぞ》きこんだ。

「……うっ」

痛いところを突かれた山本伊助が目をそらした。

「聞いたところだと、あの加賀の侍にかかわって、すでに四度の失敗を犯しているらしいな。被害も新二十四将の八人が死ぬか、二度と役に立たなくなるか、逃げ出した」

「つっ」

山本伊助が唇《くちびる》を嚙《か》んだ。

「失策はしかたがない。かつて戦国の世で名の知れた軍師だった山本勘助でさえ、何度となく失敗している。それでいながら未《いま》だ不世出の軍師として讃《たた》えられているのは、最後には勝ったからだ。そうであろう」

「…………」

一条に言われて山本伊助が沈黙した。

「此度の最終目標は、あの侍の側《そば》に居る女であろう。いわば、あの侍は途中でしかない。その途中で熱くなってどうする。落ち着け、軍師」

「……申しわけねえ」

大きく山本伊助が息を吸った。

「名の知れた老舗《しにせ》で手代筆頭までいったおぬしが、どうして身を持ち崩したかは知らぬ。だが、もう、我らは表には戻れぬのだ。お館さまのもとで成果を上げ続けるしかない。その代わり、普通の奉公人、浪人が望んでもできぬ贅沢《ぜいたく》ができる。おぬしがあのまま奉公人を続け、番頭になっていても、いや暖簾《のれん》分けをしてもらって店の主《あるじ》になったところで、とても及びつかない生活をな」

「そうでござんしたねえ」

ようやく山本伊助が落ち着いた。

「失敗続きで、ちいと焦りやした。一条さん、礼を言いますぜ」

普段の調子を山本伊助が取り戻した。

「軍師はお館さまに次ぐ地位だ。狙っている者は多い。結果を出さなければ、責めたてられるのはわかるが……」

「もう大丈夫で。行きやしょう。宿場で聞けばなにかわかりましょう。本来ならば行列はとっくに出発してなければならないはず。その理由も探らないといけやせん。すべてを知れば、敵なんぞ怖くはない」

「いつもの軍師に戻ったな。よし」

一条が山本伊助と軽井沢宿へと引き返した。

「いざとなれば一門衆の御出馬を願わねば……」

山本伊助が呟いた。

中山道を進んでいた数馬はふと背筋に気配を感じた。

「庫之介」

先行している石動庫之介に数馬は声をかけた。

「振り向かれませぬよう」

一歩前を進んでいた石動庫之介が数馬に注意をした。

「さすがだな。いつ気づいた」

「さきほどの角を曲がるときにちらと背後を見ましたので」

感心する数馬に、石動庫之介が答えた。

街道はまっすぐなものではない。ましてや高地に近い軽井沢から追分までは山に沿った道を何度か曲がりくねりながら下っている。町中の辻と違い、直角に曲がるわけではない。少し首を傾けるだけで、さりげなく後ろを確認できた。

「おそらく二名」

「そこまでわからぬ」

気配はなんとなく感じるものでしかない。名人上手となれば、背中に目が付いているかのごとく見抜けるだろうが、数馬ではこれが限界であった。

「事前に気づかれるだけでも、お見事でございまする」

石動庫之介が数馬の成長を褒《ほ》めた。

「それだけ何度も襲われてきたということだ。とてもすなおに喜べる話ではない」

命の危難を乗りこえての結果である。数馬は苦い顔をした。

「殺しに来た者は、殺されに来た者と同義でございまする。命の対価は命でしか払えませぬ。気になさらずともよろしいかと」

石動庫之介が数馬を慰めた。

「……すまぬな。だが、もう割り切った。割り切らねば、負けた連中も浮かばれまい。いつまでも引きずられたままではな」

家臣の気遣いに数馬は苦笑した。

泰平の世は人を殺すことを禁じている。人を斬るな、傷つけるなと子供のときから叩きこまれる。だけではない。武士だからといって真剣を抜けば、咎《とが》めを受ける。切り捨て御免などあり得ないのだ。

武士が気分で庶民を斬る。そのようなまねを無礼討ちだとして認めていては、庶民が反発する。

庶民など力で押さえつければいいとはいかなかった。無理難題を押しつける藩から、庶民は逃げ出す。

武士でございと威張《いば》ったところで、田を耕して実りを手にするわけでもなく、道具を使ってものを生みだすわけでもなく、売り買いで儲《もう》けを生みだすこともない。武士は一人では生きていけなかった。

武士に年貢を納めてくれる百姓がいて、ものを売ってくれる商人がいて、道具の手入れなどをする職人がいて、ようやく生活は成りたつ。

それらを担《にな》う庶民が、簡単に刀を抜いて人を斬った武士が、咎め立てられないようなところに住みたいと考えるはずなどない。たちまち領内から人はいなくなり、田畑は荒れ、城下は寂れる。そうなっては何万石であろうとも、無にひとしい。

「治世の能力に欠ける」

結果、幕府から失政の咎めを受け、藩主は切腹あるいは流罪、藩は改易になる。

泰平の武士は抜かぬのが仕事であった。

しかし、抜かなければ泰平は続くというのもまちがいであった。世には悪人、あるいは道理のつうじない者が、かならずいた。

刺客はその最たる者である。欲望あるいは金のために、人の命を奪う。まれに主君のため、藩政改革のためだという大義名分をひけらかす者もいるが、襲われるほうにしたら知ったことではない。

名分があろうが、大義のためだろうが、狙われた者にしてみれば、理不尽な暴力でしかないのだ。

そんな連中と戦うことで、数馬は人を斬ることへのためらいが薄くなっていた。

「ためらわれてはなりませぬ。一瞬の躊躇《ちゅうちょ》で命を失うのが、真剣勝負でございまする」

「わかっている」

石動庫之介の説諭に数馬はうなずいた。

「ただし、斬ることに淫するのだけは、いけませぬ」

斬ることを喜ぶなと石動庫之介が忠告した。

「辻斬りなどをする気はない」

そこまで落ちてはいないと数馬は否定した。

「……来ましたぞ」

少し鬱蒼《うっそう》とした林に入ったところで、石動庫之介が警告を発した。

「気づいてない振りは終わっていいな」

「はい」

数馬の確認に、石動庫之介が首肯した。

宿場を出て一町（約百十メートル）ほどの御堂から、本陣付近へ戻るだけの山本伊助と一条は、付近の旅籠の前でたむろする客引きに小銭を握らせて聞き込みをしていた。

「加賀さまのお行列は、今夜軽井沢でお泊まりのようでございますよ」

旅籠の客引きが話した。

「なぜだ。まだ追分まで行けるだろう」

「峠越えでお疲れが出たとの噂でございますよ」

金の威力か、客引きはいろいろなことを話した。

「先ほど二人の侍が出たが、あれは加賀さまの」

「そこまでは存じません」

数馬たちのことを訊いた一条に、客引きが首を左右に振った。

「誰に訊けば……」

山本伊助がもう一度小銭を客引きに握らせた。

「本陣の者なら知っているかと」

「誰か紹介してくれぬか」

「………」

じっと客引きが一条を見た。どう見ても浪人と無頼である。それが加賀藩の動静を気にする。胡乱《うろん》に見えて当然であった。

「頼む」

今度は一朱金を山本伊助が出した。

「……本陣の門番で弥右衛門《やえもん》さんと言われるお方がおられまする。白髪で小柄な方で。いつも本陣の門あたりにおられますよ」

すっと一朱金を取った客引きが教えた。

「弥右衛門だな。助かった」

一条が礼を言った。

「行くぞ、軍師」

二人は本陣へと足を運んだ。

「ええ。藩士の方がお一人と家士のお方が、ちょっと前に本陣から追分へ向かわれました。お名前でございますか……見送りに出られた方が、せ、瀬野《せの》だか、瀬田《せた》だかと」

最初の小銭で門番の弥右衛門は全部話した。

「一条さん」

「曾根たちを行かせて正解だったな。足留めくらいはできるだろう」

二人が顔を見合わせた。

「二人では荷が重い」

「問屋場に急ぐぞ」

二人は軽井沢宿から駕籠を二つ走らせて、曾根兄弟の後を追った。


林のなかで数馬と石動庫之介は足を止めた。

「加賀藩士の瀬能だな」

追いついてきた曾根兄が、待ち受けていた数馬に問いかけた。

「…………」

「返答をせぬか」

口を開かない数馬に、曾根兄が苛立《いらだ》った。

「他人の名前を訊くときは、まず自ら名乗るのが礼儀。礼節をもって初めて人は人たる。礼節をもたぬは禽獣《きんじゅう》に等しい。獣《けだもの》に名乗る名は持たぬ」

刺客とわかっている。数馬は早速《さっそく》挑発した。

「なんだと」

「…………」

曾根兄弟が怒気を露《あら》わにした。

「……ならば、名乗ってくれる。我らの名を怖れて聞け」

曾根兄が数馬を指さしながら叫んだ。

「武田法玄さまのもとで、武名をうたわれた曾根兄弟とは、我らのことだ」

「ほう、きさまらの親分は武田法玄というのか。よいことを聞いた。江戸に報せよう。町奉行所に伝えれば喜ぶであろうな」

すでに知っていたが、わざと数馬は驚いて見せた。

「なっ……」

「まずいぞ。兄者」

兄が息を呑《の》み、弟が兄を見た。

「大事ない。ここで二人を殺せば、外には漏れぬ。いくぞ、弟」

「おう」

兄のかけ声に弟が応じ、ほぼ同時に太刀を抜いた。

「息が合っているな」

「後ろへ」

感心する数馬の前へ、石動庫之介が出た。

数馬も石動庫之介も雨除けの柄袋《つかぶくろ》などをかけてはいない。紐《ひも》を解《ほど》く手間が確実に死を招くと知っている。

石動庫之介が太刀を構えた。

戦場剣術の介者流《かいしゃりゅう》を遣う者は、太刀というより鉈《なた》に近い分厚い得物を好む。はやり
の細身では、打ち合いに負けてしまうからだ。

「主君をかばうとは、家臣として天晴《あっぱ》れである。ならば先に逝《い》って黄泉路《よみじ》の案内をし
てやるがいい」

曾根兄がするすると前へ出てきた。間を置かず弟も近づいてきた。

「腰が落ち着いている」

その様子から数馬は二人がそこそこ遣うと見た。

「しかし、庫之介には及ばぬ」

数馬は二人から注意を周囲へと散らした。さすがに鉄炮《てっぽう》を持ち出すとは思えない
が、弓くらい隠していても不思議ではない。刺客とはそこまで考えるものでなけれ
ば、成果は難しい。

「……気配はない」

数馬は殺気を感じ取れなかった。

「この二人だけ……」

「我らにかかれば、おまえたちなど案山子《かかし》同然だからな。手助けは不要じゃ」

数馬の呟《つぶや》きを耳にしたのか、曾根兄が笑った。

「庫之介、急ぎの御用途中だ。このていどで足留めされてはならぬ」

「承知。すぐに片付けまする」

さらなる挑発をおこなった数馬に、石動庫之介が同調した。

「舐《な》めた口を利《き》くなあ」

怒声を発して曾根兄が石動庫之介へと斬りかかった。

「ふん」

小さく気合いを漏らして、石動庫之介が受け止めた。

「かかったな」

力押しに石動庫之介へ圧迫をかけながら曾根兄が笑った。

「…………」

無言で曾根弟が突きを石動庫之介へと繰り出した。

兄が敵を押さえ、避けられなくしたところを弟が突く。

「甘いのはどちらだ。相手は庫之介だけではないぞ」

そこへ数馬が割って入った。

「あっ」

慌《あわ》てて曾根弟が退いた。

「逃がすか」

引いた相手を追い詰めるのは剣術の定石であった。数馬は曾根弟へ迫った。

人は後ろに下がるとき、どうしても足下を気にする。慣れた道場だとか、障害物がないとわかっているところならまだしも、街道など初めての場所は不安である。もし、引いた足の下に石があり、体勢を崩すようなことになれば、勝負は決してしまう。となると、しっかり周囲も見ながら踏みこめる数馬と、足下を気にしなければならない曾根弟では、一歩の間合いに大きな差が出た。

また、足下に気を分けたぶん、数馬への注意が薄れてしまい、曾根弟の対応が遅れた。

「わあああ」

ぐっと数馬に迫られた曾根弟が悲鳴をあげた。

「信二郎《しんじろう》」

曾根兄がその悲鳴に気を奪われた。

「ぬん」

「おうりゃ」

隙《すき》を見逃せば、次に危うくなるのは己《おのれ》である。真剣勝負の最中に、兄弟の情愛など入る場所はなかった。

数馬が小さく切っ先を上下させ、石動庫之介が力任せに曾根兄の太刀を撥《は》ねあげた。

「ぎゃっ」

首筋の血脈を割られて曾根弟が絶息した。

「なんと」

大きく弾かれた曾根兄は、なんとか体勢を整えようとしたが、それを待つほど石動庫之介は優しくない。

「ぬえい」

撥ねあげたまま上段になった刀を曾根兄へと向けて落とした。

「がっ」

肉厚の刀を額に喰《く》らい、曾根兄の頭が陥没した。

「大事ございませんか」

残心の構えを取りながら、石動庫之介が数馬の安全を確認した。

「ああ。相変わらず、見事だな」

刀に付いた血を拭《ぬぐ》いながら、数馬は石動庫之介の腕を褒《ほ》めた。

「こやつらはどういたしましょう」

「このままにしておくわけにもいかぬ。すぐに殿の行列が来る。不浄を残せば行列の進みを阻害する。その辺へ捨てよう」

死体の始末について訊かれた数馬が告げた。

「はい。わたくしがいたしまする。殿は、周囲を」

石動庫之介が一人で二人の死体を引きずり林の奥へと捨てた。

「ご苦労であった。急ぐぞ」

かなりの足留めを喰《く》らった。

数馬は石動庫之介を促して、走るように中山道を上った。

三

数馬たちが行って小半刻《こはんとき》（約三十分）、戦闘があった場所を駕籠が通過した。いくら整備されているとはいえ、街道の道は荒れていた。穴もあれば、石も出ている。木の根っこが這《は》っているところもある。

慣れている問屋場の駕籠とはいえ、悪路では激しく揺れた。

「うおっ」

「…………」

駕籠の棒、その中央からなかへと垂れ下がっている端切《はぎ》れを客はぐっと握り、腰を浮かせるように座って揺れを逃がすようにしないと、かなり辛《つら》い。

辺りを注意して見るなど、この揺れでは困難を極める。

また、問屋場の駕籠は掃除などまずしない。客の汗が染みこんだ敷きもの、駕籠の垂れから、かなりの異臭がする。

目と鼻を潰《つぶ》されたに等しい山本伊助と一条は、街道に残った闘争の跡、血の臭《にお》いに気づかず、そのまま通過していった。

軽井沢と追分の間には沓掛宿《くつかけ》がある。沓掛宿は軽井沢とも追分とも一里余り（約四・五キロメートル）の距離にあり、残り半分の目安になった。

「旦那がた、ここで乗り換えておくんなさい」

駕籠かきが沓掛宿の問屋場の手前で止まった。

「急ぎだと言っただろう。交代を探す間も惜しい。このまま追分まで走れ」

山本伊助が駕籠かきを怒鳴りつけた。

「そういうわけにもいきやせんでねえ。あっしらにも縄張りというものがござんして。沓掛から西は、ここの駕籠屋の縄張りでして。それを無視するのは御法度なんでやすよ」

駕籠かきが首を横に振った。

「金は出す」

山本伊助が懐《ふところ》から小判を出して見せた。

「……そいつあ」

「おい、相棒、お客さまが仰《おお》せだ。あとで沓掛の連中には酒でも馳走《ちそう》してやればいいだろう。そのぶんの酒代もお出しくださいましょう」

「ああ。侍二人か、浪人二人に追いついたら祝儀をはずむ」

　山本伊助がさらに小判を見せた。

「こいつは、走らなきゃいけねえなあ。いくぞ、後棒《あとぼう》」

「あいよ、先棒《さきぼう》」

　酒手を存分にねだった駕籠かきが足に力を入れて走り出した。

「雲助どもが」

　後ろの駕籠のなかで一条が吐き捨てた。

　駕籠がどれほど早いとはいえ、担いでいるのは人である。しかも重い駕籠に人まで乗せている。どう考えても人が普通に走るよりは遅い。

　とうとう駕籠は追分に着くまで、数馬たちの背中を見ることさえできなかった。

「追分に着きやしたぜ」

　息も荒く駕籠かきが到着を告げた。

「侍の姿はなかったな」

「へい。何人か旅人は抜きやしたが、皆、普通の連中でござんした」

　駕籠かきがうなずいた。

「なら、酒手はなしだ。ほれ」

最初の決めの金と途中で見せた小判を一枚、山本伊助は先棒に渡した。

「そりゃあ、あんまりでやしょう。掟《おきて》を破ったうえ、心の臓が破れそうになるまで走り続けたんだ。もうちょっと色をつけてもらわねえと」

先棒が足りないと手を出した。

「ふざけるな。小判一枚、何日分の稼ぎだ。問屋場の駕籠は料金が決められているはずだ」

問屋場は旅人の利便をはかり、幕府の用を受けるのが仕事である。駕籠も馬も、距離や荷物の多さ、道の険しさなどで差はあったが、おおむねの料金は決められていた。

「おい、軍師。駕籠屋などに構うな」

一条が急《せ》かした。

「ここの問屋場に訴え出られたくなければ、それで我慢しろ」

捨てぜりふを吐《は》いて、山本伊助が一条と合流した。

「曾根兄弟はどこだ。追いつかなかったのだ、ここにいなければならぬ」

一条が周囲を見た。

追分宿は中山道と北国街道の分岐になる。当然、宿場も繁華であり、旅人の数も多い。

「本陣へいってみやしょう」

山本伊助が一条を促した。

追分宿には脇本陣が二軒あったが、本陣は一つしかない。すぐに本陣は見つかった。

「前田加賀守さまお宿の立て札が出ているぞ」

一条が指さした。

「侍の姿もござんすね。そういえば先触れのような侍が宿場の外れで街道を見てましたが……いや、前田家の先触れじゃないか。前田家の先触れは軽井沢にいた」

駕籠から見た侍たちを思い出した山本伊助が首をかしげた。

「前田家は軽井沢で泊まりのはず。そう言っていた。なのに、追分にも宿の立て札がある」

一条が混乱した。

「とにかく、曾根兄弟を探さねば。あんなのでもいないと困りやす」

山本伊助が一条に言った。

「そうだな。おぬしは軍師ゆえ戦えぬ。さすがに儂《わし》一人で、二人の相手はきつい」

一条も同意した。

「宿場を探して見当たらねば、街道を戻りますぜ。もし曾根兄弟がやられていたときは、御一門衆の御出馬をいただかないと」

数馬たちの入った本陣を見ながら、山本伊助が難しい顔をした。


追分宿は小諸藩西尾《にしお》家の領地はずれにある。西尾家は駿河田中《するがたなか》から一昨年小諸へ移封してきたばかりで、まだ領内のすみずみまで把握しきれていない。追分宿自体は家数百少しとさほど大きくはない。西尾藩がわざわざ役人を出すほどの規模ではなく、ほとんど本陣に宿場のことは任されていた。

その本陣で数馬は主と対峙《たいじ》していた。

「参勤留守居役と仰《おお》せられたが、ずいぶんとお若い」

初老の本陣の主が、数馬を上から下まで見た。

「…………」

あからさまに軽く見る態度にも数馬は眉《まゆ》一つひそめなかった。

「碓氷峠越えで、お疲れが出たゆえ、軽井沢でお過ごしになられると言われる」

主が嘆息した。

「いかにも。さようでございまする」

数馬はうなずいた。

本陣の主はその多くが、藩から名字帯刀を許される。仕事をするに不便なため、日ごろ両刀を腰にすることはないが、身分は郷士である。数馬は同格に対する態度で接した。

「ですが、こちらとしても、いろいろな用意もいたしておりまするし、宿場の旅籠《はたご》も丸一日加賀さまのために客を断っておりまして」

そうですかと認められる話ではないと主が苦い顔をした。

追分宿は百軒余の家数ながら、その三分の一が旅籠、あるいは木賃宿という旅人に依存した宿場町である。

そのうえ三千人という数である。宿屋だけでは対応できず、近隣の寺や神社、百姓家などまで動員して受け入れ態勢を整えたのだ。

これなくなりました、はい、どうぞとはいかなかった。

「もちろん、弁済はいたしまする」

数馬は懐から百五十両を出した。

「……これは」

思いきった金額であった。旅籠で二食付けて一晩二百文内外が東海道の相場である。中山道はそれよりも二割方安い。木賃宿にいたっては、素泊まりしかなく一夜で六十文するかしないかである。寺院や神社は志ていど、百姓家などは何人泊まっても百文ほどですむ。本陣、脇本陣などに泊まる綱紀や首藤をはじめ、数馬などの料金を含めても百両もあれば足りる。あと、食事が出ない者たちが宿場で買う握り飯の代金などをいれても百二十両もいかない。百五十両は破格であった。

「ですが、これだけでは、一日宿場が空いてしまいまする。いろいろと当てにして、追分まで出てきた近在の者たちが、実入りなく帰ることになりまするし」

行列相手に土産代わりの木彫り人形や土鈴《どれい》などを売る地元の百姓が露店を出す。そのぶんがないと本陣の主が要求した。

「そのような輩《やから》までは知りませぬ。売れるか売れないかなど、こちらとはかかわりないことでございますゆえ」

数馬は突っぱねた。

「……それでは納得できませぬな。立て札はあのままにさせていただきましょう」

本陣の主が数馬の求めを拒んだ。

「ほう。前田家を敵にすると」

「な、なにを……」

雰囲気の変わった数馬に、本陣の主が怯《おび》えた。

「そもそもこうなったのは、そちらのせいでございましょう。当家があらかじめ押さえてあった本陣に、いきなり来た鳥居家の姫を入れるなどいたしたからでござるぞ」

「それはやむを得ぬことでございました。直接お姫さまがお見えとあれば、お断りできませぬ」

本陣の主が抗弁した。

「つまり加賀の前田より、鳥居家を優先されたということでよろしいな」

「…………」

念を押した数馬に本陣の主が黙った。

「人形や土鈴はそちらに売られることだ」

手を伸ばして数馬は百五十両を懐へ戻した。

「あっ。それは……」

「本陣は前田家と敵対した。この金は脇本陣を通じて分配してもらう。邪魔をした」

手を伸ばした本陣の主を突き放して、数馬は席を蹴った。

「なお、明日、拙者《せっしゃ》は小諸にて西尾さまのご家老と面談いたす。そのおりに、この顚《てん》末《まつ》をお話しさせていただく」

「お、お待ちを」

本陣の主の顔色が変わった。

領主から宿場を任されているということは、いつその地位を取りあげられても不思議ではない。小諸藩西尾家は譜代であるが、その石高は二万五千石でしかない。百万石の前田の威勢の前には従うしかないのが現実なのだ。

なにより今回は本陣の主が悪い。どれほど鳥居家の要望が強かろうとも、頑《がん》として門を潜《くぐ》らせず、脇本陣へ行かせるべきであった。鳥居家と前田家がぶつかる。その面倒を丸投げにしようとした主が営む本陣は、大名を受け入れる宿としてふさわしくなかった。

「た、ただちに立て札を引きまする。申しわけございませぬ」

主が額を床に付けて詫《わ》びた。

「…………」

冷たい顔で数馬は主を見下ろした。

「誰か、誰か、来ておくれ」

本陣の主が手を叩《たた》いた。

「すぐに前田さまの立て札をなかにしまいなさい。あと宿場中の旅籠、木賃宿の主を呼びなさい。脇本陣にも声をかけるのを忘れないよう」

顔を出した奉公人に、本陣の主が矢継ぎ早に指示を出した。

「これでよろしゅうございましょうや」

本陣の主が、数馬の表情を窺《うかが》った。

「……よろしかろう」

数馬はもう一度腰を下ろした。

「受け取りを書いてもらおう」

百五十両をもう一度出し、受領書をと数馬は要求した。

「は、はい」

言われるままに本陣の主が書いた。

「では、これで前田家が本陣に泊まる予定はなかった。それでよろしいな」

「結構でございまする」

脅《おど》しを受けたとはいえ、金はかなり多めにもらえている。本陣の主は大きく首を縦に振った。

「念のために申し添えておくが、この追分にも前田家の足軽継におる。あとで悪評が立ったとか、拙者が去った後、もう一度立て札がかけられたなどがあれば、そのままに捨て置かぬ」

「も、もちろんでございまする」

何度も何度も本陣の主が首を上下させた。

四

「来ぬなあ」

「そろそろ夕刻ぞ。宿場に入るならば供先三品だけでも見えねばなるまい」

追分宿の外れで中山道の東側を見張っていた鳥居家の藩士たちが顔を見合わせた。

「三千人近い行列だ。予想外のことがあって遅れているのではないか。たとえば、道中で山崩れがあったとか」

歳嵩《としかさ》の藩士が若い藩士へ話しかけた。

「さきほど駕籠が来ていたな」

「はい」

若い藩士がうなずいた。

「問屋場になにか話が届いているやも知れぬ。儂は問屋場で訊いてくる。おぬしは見張りを続けよ」

「承知」

歩き出した歳嵩の藩士に、若い藩士が応じた。

「別段、街道になにかあったという報《しら》せはございません」

問屋場の返事はあっさりとしたものであった。

「さようか。なにかあったら教えてくれ」

歳嵩の藩士はそういって問屋場を出た。

「どうなっているのだ。本陣には加賀の立て札が……」

問屋場から近い本陣へと目を向けた歳嵩の藩士が絶句した。

「なんだと……札を外しているではないか」

今朝、無理矢理割りこんだときに、本陣の主から綱紀が来るとの確認を取っている。それが崩れた。

「おいっ。番頭」

歳嵩の藩士が立て札を抱えている番頭に駆け寄った。

「へ、へい」

その勢いに番頭が怯《おび》えた。

「なぜ、外している」

「主から言われましたんで」

「加賀前田公はお見えにならぬのか」

「そう聞いてますが……」

迫る歳嵩の藩士に、ますます番頭が怯えた。

「主は奥だな」

歳嵩の藩士が、番頭を残して本陣へと突撃した。

「どういうことだ」

「……さきほど、ご使者がお見えになり、峠越えでお疲れが出たとのこと。一日軽井沢でお過ごしなさると」

詰め寄った歳嵩の藩士に主がこわごわ答えた。

「予定の変更か……」

旅にはいろいろある。最初に決めた旅程どおりに進むことのほうが珍しい。

「だが、困ったぞ。それでは姫さまとの面会ができなくなる」

軽井沢に泊まれば、追分は通過になる。わずか二里八町（約九キロメートル）ほどしか離れていないのだ。昼餉《ひるげ》の場所にもなりえなかった。

「休憩だけでもしてくれねば……」

百万石の参勤交代である。休憩でも本陣へ入る。その辺の茶店でちょっととはならなかった。

「あのう」

本陣の主が悩む歳嵩の藩士に声をかけた。

「なんじゃ」

歳嵩の藩士が思案の邪魔をされて苛立《いらだ》ちを見せた。

「……前田さまのお行列の足留めをする方法ならございまする」

「まことか」

歳嵩の藩士がぐっと身を乗り出した。

「軽井沢で一泊された。旅の旅程に遅れが出ました。それを取り返さねばなりませぬ。となれば、明日の朝七つ（午前四時ごろ）に軽井沢を発《た》たれるはず。この追分を通過するのは明け六つ（午前六時ごろ）になりましょう」

「だろうな」

本陣の主の推測を歳嵩の藩士が認めた。

せぬ」

「そのとき、本陣前に姫さまの御駕籠を出しておかれれば、挨拶《あいさつ》なしに通過はできま
「たしかにな」

大名の礼儀である。

「お顔を合わせられてしまえば……」

最後まで本陣の主は言わなかった。

「なるほど。よい案だが……」

歳嵩の藩士が本陣の主を鋭く見つめた。

「なぜ、当家に肩入れする」

本陣としては、多人数で泊まってくれる大大名のほうがありがたい。一日の拘束は同じで、もらう金が違うのだ。前田と鳥居では支払う金が一桁《けた》違った。

歳嵩の藩士が疑いを持ったのも当然であった。

「……いささか前田さまに思うところがございまして。さきほど来られた前田家の御使者さまがお若いわりに強硬なお方でございました」

頬をゆがめて本陣の主が述べた。

「若い前田家のご家中に侮《あなど》りでも受けたか」

「はい」

「わかった。おぬしの案、使わせてもらう。うまく、姫さまの輿入れとなったならば、あらためて礼をいたそうほどにな」

うなずいた本陣の主に、歳嵩の藩士が告げた。

夜旅を駆けるのはかなり難儀である。ましてや三千人ともなると灯《あか》りの準備もかなりいる。

「横山はここまででいい。江戸へ戻れ」

前田綱紀は、少しでも行列の人数を減らすため、横山玄位をここで切り離した。

「しかし……」

「筆頭江戸家老が長く江戸を離れるわけにはいくまい」

渋る横山玄位を綱紀が説得した。

「あと、余がおらぬ間には幕府と交渉するな。厳命する。場合によっては、功績ある横山の家とて許さぬ」

「……し、承知いたしましてございまする」

ようやく二十歳《はたち》をこえたばかりの横山玄位が綱紀の気迫に縮みあがった。

「何事も村井に相談いたせ。決して独断はいたすなよ」

繰り返し釘を刺して、綱紀は夜四つ（午後十時ごろ）に本陣を出た。

「急ぐな。ゆっくりでいい。事故だけは起こすな」

首藤が行列を指図した。

とはいえ、中間《ちゅうげん》、小者に灯りを持つだけの余裕はない。行列で使用する荷物を両手一杯に抱えているからだ。

「荷駄《にだ》は、明日朝に発《た》て。少し急ぎになるが、明るくなってからでいい」

供頭の首藤は、綱紀にどうしても要るものだけを厳選し、それ以外を残した。

横山玄位一行と中間、小者のほとんどを別にした行列の人数は半分以下になった。

それでも八百人というとてつもない数である。

「明日の夜明けまでに追分を通過していればいい。二里半を二刻あまり（約五時間）かけて進むつもりでおれ。かならず誰かと対を組め。半刻ごとに小休止を挟む。そのとき互いの無事をかならず確かめよ」

夜中行軍の心得を首藤が一同に聞かせた。

「静かに行くぞ」

最後に首藤が静謐《せいひつ》を指示した。

「とくに追分では声を出すな。気づかれては面倒になる」

首藤が手を上に上げ、行列が動き始めた。

もともと参勤交代行列は、江戸城警固《けいご》の人数を大名たちに出させるというのを名分としている。つまり行列は行軍であった。

戦国時代の戦いには、詩吟《しぎん》で有名な川中島《かわなかじま》の合戦などに代表される夜襲もおこなわれていた。どこの家中でも、若侍に夜中の鍛錬《たんれん》などをさせ、暗いなかでの歩き方、星の見方などを体験させている。とはいえ、これも幕初はよくやられていたが、大坂の陣から七十年近くになり、戦場が遠くになった今では、数年に一度あるかないかまで減っている。

代々江戸詰《づめ》の若い藩士などには、一度も経験していない者もいた。

「あつっ」

「くそっ、木の根に引っかけた」

宿場を出て、すぐにあちこちから声が出た。

「怪我をした者は行列を離れよ。後からまとまって来るがいい」

そんな連中を首藤は無理に連れて行こうとはしなかった。

「殿を夜明け前に北国街道へ」

目的はそれだけである。他人目《ひとめ》さえなければ、百万石の格式なぞ保てなくていい。

「本隊は小諸宿の手前で五つ（午前八時ごろ）まで待つ。後続の荷駄《にだ》とそこで合流いたす。怪我などで間に合わぬ者は、個別に金沢まで帰れ」

首藤が告知した。


いかに静かに通ろうとしたところで、八百人からの気配はなくならない。

八つ半（午前三時ごろ）、追分宿で寝ていた何人かは前田家の行列に気づいた。そのなかには本陣の門番小者も入っていた。

「なんだ」

門番小者は、無双窓《むそうまど》を開けて外を見た。

「ひえっ」

提灯《ちょうちん》を掲げながら無言で歩く行列は、寝ぼけている門番小者を驚愕《きょうがく》させた。

「ひ、百鬼夜行だ」

門番小者が腰を抜かした。

物の怪、幽鬼などが行列を組んで、夜中の街道を行く。これを百鬼夜行といい、出会った者は狂い死にするとか、行列へ引き込まれあの世へ連れて行かれるとか言われ、恐れられていた。

「よし抜けた」

追分宿を行列の最後尾が出たのを確認した首藤が喜びの声をあげた。

「お疲れ様でございました」

駕籠脇にいた数馬が首藤をねぎらった。

「まったくだ。供頭は三回目だが、これほど疲れる参勤は経験がない」

首藤がほっと肩の力を抜いた。

「境宿場《さかい》まであと四日か」

遠くを見るような目を首藤がした。

「小諸に近づいたところで、先行いたしまする」

「挨拶か。頼むぞ。小諸と上田《うえだ》は明日中にすませる予定であったか」

参勤留守居役の仕事に戻ると言った数馬に、首藤が確認した。

「はい。そのあとは善光寺《ぜんこうじ》となりまする」

善光寺は大名ではないが、その影響力は大きい。ここは挨拶というより寄進になる。

「任せる」

首藤がうなずいた。

翌朝、腰を抜かした門番小者を見つけた番頭から、百鬼夜行の話は本陣の主へと伝わった。

「夜旅の大行列だと」

本陣の主が蒼白《そうはく》になった。

「何人くらいいた」

「数え切れないくらいの提灯だったそうで」

門番小者は恐怖で寝付いてしまい、事情を聞き出した番頭が代わって答えた。

「……前田家だ。前田家しか考えられぬ」

本陣の主が気づいた。

「夜中に追分を抜けるとは……これでは鳥居家の手立てが……」

夜明けとともに鳥居家の姫様駕籠は本陣門前で待機している。それがまったくの無駄になった。

姫を夜明け前から起こし、少しでも見目麗《みめうるわ》しくするため、化粧をし、髪を結いあげた。その苦労が水の泡と消えた。

「苦情は儂に来るではないか」

本陣の主が愕然《がくぜん》となった。


小諸宿前で行列の体裁を整えたが、その数は減っていた。

「百人近くが脱落したか」

朝早くに軽井沢宿を出た荷駄行列はほぼ無傷であったのに対し、夜旅組は大きな損害を出していた。

「一度、家臣どもを引き締めねばならぬな」

夜の旅は慣れていないとかなりきつい。綱紀は、藩士たちが泰平に慣れて怠惰《たいだ》になりつつあることを危惧《きぐ》した。

「殿、出立《しゅったつ》をいたしまする」

集結を指揮していた首藤が、綱紀のもとへ報告した。

「うむ」

綱紀がうなずき、行列が動き始めた。

五

参勤留守居役の仕事はどこも同じである。本隊が着く前に城下へ赴《おもむ》き、贈りものをして道中の便宜《べんぎ》を頼む。

善光寺などの社寺へは道中安全の祈禱《きとう》をしてもらうとの名目でお金を寄進する。

それを数馬は繰り返した。

「ようやく終わったか」

参勤留守居役の仕事は、対外交渉である。加賀藩の身内である富山藩の領地に入った段階で終わる。

上田の仙石《せんごく》氏、松代《まつしろ》の真田氏への挨拶を終えた数馬はほっと安堵《あんど》の息をついた。

本来ならば、加賀藩前田家の参勤交代でもっとも気を遣わなければならない高田松平家が控えているのだが、将軍綱吉の酒井雅楽頭《うたのかみ》への八つ当たりを受けて、高田松平家は改易、その余波を受けて糸魚川《いといがわ》の分家松平も潰され、ともに幕府代官支配になっている。

幕府代官への挨拶は赴任のときにすませ、旅先ではあまり親しげにしないという暗黙の了解がある。江戸から遠い任地で外様《とざま》大名と交流するのは、謀叛《むほん》に与《くみ》していると疑われ、代官の出世に響く。目付の目の届く江戸でのつきあいに留めておくのも留守居役の心得であった。

結果、数馬の役目は松代で最後となった。

「あとは境宿で、出迎えの行列と合流するだけだ」

境宿から金沢まではおよそ三十二里（約百二十八キロメートル）、今の行軍速度ならば、二日半でこなす。境から最終宿泊地として予定されている高岡《たかおか》までは、富山藩の領内を通過するが、参勤留守居役の仕事はなかった。

領内を本家が通るときは、分家側から挨拶に来るのが慣例であった。藩主在国ならば藩主が、藩主不在ならば筆頭国家老が城下の外れまで出迎え、余裕があるならば表御殿で饗応、急ぐときは街道筋に座を設けての会談で終わる。対応は行列を差配《さはい》する供家老あるいは、供頭の仕事で、参勤留守居役の応対はなかった。

「ご苦労であった。後は楽にいたせ」

松代の外れで合流した数馬を首藤が慰労した。

「かたじけのうございまする」

数馬が労《ねぎら》いに感謝した。

「国元からはどなたさまがおいででございましょう」

出迎えは万石以上の六家から出る。数馬は舅《しゅうと》が来るのではないだろうなと思い、首藤へ問うた。

「足軽継で報せがあった。前田備後《びんご》さまがお出でになる」

「前田さまが」

前田備後直作《なおなり》とは、江戸まで命を共に預け合った仲である。舅である本多政長との旅もきついが、敵対に近い前田孝貞と三日近く一緒に行動するのは辛い。

身分を気にしないですむ前田直作だと知った数馬は喜んだ。

「あと少しだ」

首藤が行列に活を入れた。

当たり前のことだが、加賀藩主前田綱紀の参勤行列が富山藩を横断するとの通達はなされていた。

「明後日には富山を通る」

富山藩国家老近藤主計《こんどうかずえ》が、一味の者を城下はずれの屋敷へ集めた。

「では、そこで」

集まった同志のなかでも若い西木田《にしきだ》が腰を浮かせた。

「待て、参勤行列は三千人だぞ。半数は中間小者の類だが、藩士が数百、その家士が千人ほどいる。まともに突っこんでは勝負にならぬ。血気に逸《はや》るな」

歳嵩の富山藩士が西木田を諫《いさ》めた。

「百万石に胡座《あぐら》を掻《か》き、戦場を忘れた本家の者など、敵ではございませぬ。千五百くらいならば、富山が一丸になれば……」

西木田が抗弁した。

富山藩は十万石である。軍役に従えば、鉄炮三百五十丁、騎乗武者百七十騎、弓六十張り、槍《やり》百五十本、旗持《はたもち》二十人を用意しなければならない。他に徒 侍《かちざむらい》、足軽、陪臣《ばいしん》などを含めると一千五百人は余裕で出せた。

「富山で戦をするつもりか」

歳嵩の藩士が西木田を叱《しか》りつけた。

「勝てばよろしいのでございましょう」

西木田が言い返した。

「愚か者が。大事《おおごと》にして天下に知られたらどうするのだ。分家が本家を害したなどと幕府に聞こえたら、富山だけでなく、加賀も潰されるわ」

歳嵩の藩士があきれた。

「むうう」

西木田が詰まった。

「細田《ほそだ》、あまり厳しく言うてやるな。たしかに西木田の言動は、浅慮なものであったが、その意気は買ってやらねばならぬ」

歳嵩の藩士を宥《なだ》めつつ、近藤主計が若い西木田も諭した。

「申しわけございませぬ」

「はい」

細田と呼ばれた歳嵩の藩士と西木田が、近藤主計へ頭を下げた。

「西木田だけではない。まちがえてはいかぬ。我らは加賀の本家を潰したいのではない。分家に付けられて不本意な扱いになった我らを本来の姿に戻すことが目的である。今でこそ分家の家臣として一段低く扱われているが、もとは皆、前田利家公のもと乱世を戦ってきた同僚じゃ」

近藤主計が続けた。

「吾《われ》を例にしてもそうだ。もともと近藤家は前田利家公の家臣として一万四千石という高禄を得ていた。まさに、今の本多や長《ちょう》、奥村などと肩を並べる家であった。それが分家へ付けられて三千七百石と禄を減らされた」

近藤主計の祖父、大和守長広《やまとのかみながひろ》は利家のもとで功を上げ、一万四千石を食《は》んでいた。しかし、その死にあたって、子供に労せずしての高禄は不忠なりとして、わずか三千石しか継がせず、一万一千石を返納してしまった。

その後富山藩二代大蔵大輔正甫《おおくらのたいふまさとし》を屋敷に預かり、その傅育《ふいく》を担当した近藤家二代善《ぜん》右衛門長房《えもんながふさ》が加増を受け三千七百石まで増やした。

近藤主計は、その養子であった。

「おぬしたちもそのまま加賀にいれば、千石以上の身代であったはずじゃ」

「さようでございまする」

「祖父までは二千石をいただいておりました」

近藤主計の言葉に、集まっていた一同がうなずいた。

「武士は先祖の功績で与えられた家禄を護り続けることで譜代の臣となる」

一同を見ながら近藤主計が語り出した。

「それをなくされてしまえば、我らは忠義を尽くせなくなる」

「そうだ、そうだ」

西木田が和した。

「我らが今からやることは、忠義を取り戻すための行動である」

もう一度近藤主計が、一同の目を見つめた。

「ご恩とご奉公こそ、武士の姿。恩がなければ奉公しなくてもよい」

声を大きくした近藤主計が腕を振りあげた。

「義は我らにあり」

近藤主計が煽《あお》った。

「おう」

一同が興奮した。

「ご家老さま」

細田が興奮冷めやらぬなか、近藤主計に声をかけた。

「なんじゃ」

「具体的にどういたせばよろしいか」

細田が綱紀を襲う手順を問うた。

「前も申したであろう。富山藩のなかでことをするは愚策であると」

「伺いましてございまする」

細田が首肯した。

富山領内で綱紀に何かあれば、本藩が黙ってはいない。分家は本家のためにある。本家に万一があったとき、血筋を差し出すために分家は作られたのだ。

その分家が本家を滅ぼすようなまねをして、許されるはずはなかった。

「それに琴姫を掠《さら》う策がしくじり、本多に我らのことが知られてしまった。富山のうちでなにかあれば、本多が動く」

「本多が……」

聞かされた細田たちが息を呑《の》んだ。

琴を襲って失敗、捕縛《ほばく》された仲間の一人浅生《あそう》は、計画のすべてを喋《しゃべ》ったのち、近藤主計のもとへ送り届けられた。近藤主計の屋敷へ放りこまれてすぐに死亡した浅生の身体には、拷問《ごうもん》された跡があり、本多の怖ろしさを一同の心に刻みこんでいた。

「そこでじゃ、本家の殿には機嫌良く富山藩を通過していただく」

近藤主計が言った。

「では、本家の領内に入ってから刃《やいば》を付けましょうや」

別の若い藩士が発言した。

「いいや。それもまずい。本多に気づかれた以上、領内へ我らが足を踏み入れることは許されまい。入った瞬間に、本多の忍《しのび》にやられよう」

はっきりと近藤主計が首を横に振った。

「…………」

浅生の末期をふたたび思い出した一同が黙った。

「……ご家老さま。襲わぬというわけではございますまいな」

西木田が確認を求めた。

「もちろんじゃ。本家の殿には死んでいただかねばならぬ、今回の参勤途中でな。江戸からの報せではご愛妾《あいしょう》ができたらしい。なんとしても和子ができるまでに片《かた》をつけたい」

跡継ぎができてしまうと、分家の出番はなくなる。

「本家の殿は将軍家の血を引いておられる」

綱紀は二代将軍秀忠の曾孫《そうそん》になるが、前田正甫は前田利次と側室の間にできた男子でしかなかった。

将軍の血を引く男子がいれば、分家に家督は回ってこない。七歳でなければ家督を継げないという大名の慣例も、将軍の血を引くとなれば話は変わった。

「ゆえに、今回の参勤が最後の機会だと思え、一同」

近藤主計が断言した。

「我ら覚悟はできておりまする。命など惜しまず、ことにあたりましょう」

細田が代表して受けた。

「うむ。策を話す。一同、寄れ。他聞を憚《はばか》る」

満足げにうなずいた近藤主計が、一同を手招きした。

「…………」

一同が近藤主計を囲んだ。

「本家の殿、いや、もう綱紀と言おう。綱紀が金沢へ入る前に、かならず寄るところがあろう」

「かならず寄るところ……」

「高岡の城下で一泊されるのが決まりだが……」

西木田と細田が首をかしげた。

「わからぬか。前田家の菩提寺《ぼだいじ》であり、加賀前田家二代利長公の廟所《びょうしょ》、瑞龍寺《ずいりゅうじ》だ」

「おおっ」

「たしかに」

答えを口にした近藤主計に、一同が納得した。

「瑞龍寺から利長公の廟所までは八町（約八百七十メートル）の参道を進まねばなら

ぬ。このとき綱紀は、利長公への遠慮から徒歩《かち》になる。駕籠と行列は瑞龍寺に残し、わずかな供回りだけでの参拝、ここならば少数でも突破できよう」

「八丁参道の警固《けいご》はござったはず」

細田が行列以外の常駐警固があったのではないかと懸念を表した。

「灯明かり人のことか」

「そのような名前でございましたか」

告げた近藤主計に、細田が自信なさげに応じた。

灯明かり人とは、加賀藩独自の役目で、二代利長の墓所と八丁参道といわれる参詣路に設けられた灯籠に明かりを灯《とも》す。その性質上、小者ではなく士分を与えられてはいるが、禄は少なく、本家からもほぼ忘れられた役目であった。

「灯明かり人など、足軽以下の軽輩。たかが火の番じゃ。相手にもなるまい」

懸念するほどの者ではないと近藤主計が手を振った。

「ご家老の言われる通りだ。我らに敵などない」

西木田が気勢をあげた。

「よいか、皆。失敗は決してできぬ。しくじりは滅びを意味する。決して気を抜いてはならぬ。これより抜けられぬと思え。安心いたせ。拙者《せっしゃ》には幕府高官の後《うし》ろ盾《だて》がある。成功した後の心配は不要だ」

近藤主計が肚《はら》をくれと言った。

「……では、目立たぬよう数人ずつ、高岡へと入れ。決行は綱紀が高岡に入る日である」

静まりかえった一同に向けて近藤主計が宣した。

本書は文庫書下ろし作品です。

|著者| 上田秀人　1959年大阪府生まれ。大阪歯科大学卒。'97年小説CLUB新人賞佳作。歴史知識に裏打ちされた骨太の作風で注目を集める。講談社文庫の「奥右筆秘帳」シリーズ（全十二巻）は、「この時代小説がすごい！」（宝島社刊）で、2009年版、2014年版と二度にわたり文庫シリーズ第一位に輝き、第3回歴史時代作家クラブ賞シリーズ賞も受賞。「百万石の留守居役」は初めて外様の藩を舞台にした新シリーズ。このほか「禁裏付雅帳」（徳間文庫）、「御広敷用人大奥記録」（光文社文庫）、「闕所物奉行裏帳合」（中公文庫）、「表御番医師診療禄」（角川文庫）、「町奉行内与力奮闘記」（幻冬舎時代小説文庫）、「日雇い浪人生活録」（ハルキ文庫）などのシリーズがある。歴史小説にも取り組み、『孤闘　立花宗茂』（中公文庫）で第16回中山義秀文学賞を受賞、『竜は動かず　奥羽越列藩同盟顛末』（講談社）も話題に。
上田秀人公式HP「如流水の庵」 http://www.ueda-hideto.jp/

参勤《さんきん》　百万石《ひやくまんごく》の留守居役《るすいやく》(八)

上田秀人《うえだひでと》

講談社文庫
定価はカバーに
表示してあります

2016年12月15日第1刷発行

発行者──鈴木　哲
発行所──株式会社　講談社
東京都文京区音羽2-12-21　〒112-8001
電話　出版（03）5395-3510
　　　販売（03）5395-5817
　　　業務（03）5395-3615

デザイン──菊地信義
本文データ制作──講談社デジタル製作
印刷────株式会社廣済堂
製本────株式会社若林製本工場

Printed in Japan

ISBN978-4-06-293558-6

講談社文庫刊行の辞

二十一世紀の到来を目睫に望みながら、われわれはいま、人類史上かつて例を見ない巨大な転換期をむかえようとしている。

世界も、日本も、激動の予兆に対する期待とおののきを内に蔵して、未知の時代に歩み入ろうとしている。このときにあたり、創業の人野間清治の「ナショナル・エデュケイター」への志を現代に甦らせようと意図して、われわれはここに古今の文芸作品はいうまでもなく、ひろく人文・社会・自然の諸科学から東西の名著を網羅する、新しい綜合文庫の発刊を決意した。

激動の転換期はまた断絶の時代である。われわれは戦後二十五年間の出版文化のありかたへの深い反省をこめて、この断絶の時代にあえて人間的な持続を求めようとする。いたずらに浮薄な商業主義のあだ花を追い求めることなく、長期にわたって良書に生命をあたえようとつとめるところにしか、今後の出版文化の真の繁栄はあり得ないと信じるからである。

同時にわれわれはこの綜合文庫の刊行を通じて、人文・社会・自然の諸科学が、結局人間の学にほかならないことを立証しようと願っている。かつて知識とは、「汝自身を知る」ことにつきていた。現代社会の瑣末な情報の氾濫のなかから、力強い知識の源泉を掘り起し、技術文明のただなかに、生きた人間の姿を復活させること。それこそわれわれの切なる希求である。

われわれは権威に盲従せず、俗流に媚びることなく、渾然一体となって日本の「草の根」をかたちづくる若く新しい世代の人々に、心をこめてこの新しい綜合文庫をおくり届けたい。それは知識の泉であるとともに感受性のふるさとであり、もっとも有機的に組織され、社会に開かれた万人のための大学をめざしている。大方の支援と協力を衷心より切望してやまない。

一九七一年七月

野間省一

講談社文庫 最新刊

上田秀人 **参勤** 〈百万石の留守居役(八)〉
藩主綱紀《つなのり》のお国入り。道中の交渉役を任された数馬に思いがけぬ難題が!?〈文庫書下ろし〉

松岡圭祐 **水鏡推理V** 〈ニュークリアフュージョン〉
文科省内に科学技術を盗むシンカー潜入か? 現役キャリアも注目の問題作!〈書下ろし〉

堂場瞬一 **埋れた牙**
女子大生の失踪、10年ごとに起きていた類似事件。この街《吉祥寺》に巣くう〈牙〉の正体とは?

五木寛之 **青春の門** 〈第八部 風雲篇〉
青春の証とは何か。人生の炎を激しく燃やす青年、伊吹信介の歩みを描く不滅の超大作!

堀川アサコ **幻想温泉郷**
今度の探し物は〃罪を洗い流す温泉〃!? 大ヒット『幻想郵便局』続編を文庫書下ろしで!

馳 星周 **ラフ・アンド・タフ**
向かうは破滅か、儚《はかな》い夢か? 北へ逃げるヤミ金取立屋と借金漬けの風俗嬢の愛の行方。

織守《おりがみ》きょうや **霊感検定** 〈心霊アイドルの憂鬱〉
高校生アイドルに憑いたストーカーの霊は何を訴えるのか。切なさ極限の癒し系ホラー。

周木 律 **双孔堂の殺人** 〈~Double Torus~〉
異形の建築物と数学者探偵、十和田《とわだ》只人《ただひと》再び。真のシリーズ化、ミステリの饗宴はここから!

森 博嗣 **つぼみ茸《きのこ》ムース** 〈The cream of the notes 5〉
森博嗣は軽やかに「常識」を更新する。ベストセラ作家の書下ろしエッセイシリーズ第5弾!

瀬戸内寂聴 新装版 **寂庵説法**
人はなぜ生き、愛し、死ぬのか、に答える寂聴〃読む法話集〃。大ロングセラーの新装版。

講談社文庫 最新刊

江上 剛
家電の神様
雷太がやってきたのは街の小さな電器屋さん。大型家電量販店に挑む。〈文庫書下ろし〉

堀川惠子
死刑の基準〈「永山裁判」が遺したもの〉
「死刑の基準」いわゆる「永山基準」の虚構を暴いた、講談社ノンフィクション賞受賞作。

神田 茜
しょっぱい夕陽
まだ何かできる、いやできないことも多い――中年男女たちの〝ほろ苦く甘酸っぱい〟5つの奮闘。

倉阪鬼一郎
娘飛脚を救え〈大江戸秘脚便〉
料理屋あし屋の看板娘おみかがさらわれた。急げ、江戸屋の韋駄天たち。〈文庫書下ろし〉

モーリス・メーテルリンク 作　江國香織 訳　宇野亜喜良 絵
青い鳥
青い鳥探しの旅に出た兄妹が見つけた本当の幸福の姿とは。麗しき新訳と絵で蘇る愛蔵版。

中島京子
妻が椎茸だったころ〈泉鏡花賞受賞作〉
「人」への執着、「花」への妄想、「石」への煩悩。「少し怖くて、愛おしい」五つの偏愛短編集。

風森章羽《しょう》
清らかな煉獄〈霊媒探偵アーネスト〉
依頼人は、一年も前に亡くなった女性だった――。霊媒師・アーネストが真実を導き出す！

喜国雅彦　国樹由香
メフィストの漫画
本格ミステリ愛が満載の異色のコミックス、待望の文庫化！　人気作家たちも多数出演。

本城雅人
嗤うエース
哀しき宿命を背負う天才は、八百長投手なのか。衝撃のラストに息をのむ球界ミステリー！

パトリシア・コーンウェル　池田真紀子 訳
邪悪 (上)(下)
シリーズ累計1300万部突破！　事故死とされた事件現場にスカーペッタは強い疑念を抱く。

ジョージ・ルーカス 原作　マシュー・ストーヴァー 著　上杉隼人／有馬さとこ 訳
スター・ウォーズ〈エピソードⅢ シスの復讐〉
新三部作クライマックス！　恐れと怒りがアナキンの心を蝕む時、暗黒面《ダークサイド》が牙を剝く――！

上田秀人作品◆講談社

百万石の留守居役《るすいやく》シリーズ

老練さが何より要求される藩の外交官に、若き数馬が挑む！

第一巻『波乱』２０１３年11月　講談社文庫

外様第一の加賀《かが》藩。旗本から加賀藩士となった祖父をもつ瀬能数馬《せのうかずま》は、城下で襲われた重臣前田直作《まえだなおなり》を救い、五万石の筆頭家老本多政長《ほんだまさなが》の娘、琴《こと》に気に入られ、その運命が動きだす。江戸で数馬を待ち受けていたのは、留守居役《るすいやく》という新たな役目。藩の命運が双肩にかかる交渉役には人脈と経験が肝心。剣の腕以外、何もない若者に、きびしい試練は続く！

上田秀人作品◆講談社

第一巻『**波乱**』
藩主綱紀を次期将軍に擁立する動きに加賀が揺れる。

2014年11月講談社文庫

第二巻『**思惑**』
五万石の娘、琴に気に入られるが、数馬は江戸へ！

2013年12月講談社文庫

第三巻『**新参**』
数馬の初仕事は、老中堀田家に逃れた先任の始末!?

2014年6月講談社文庫

第四巻『**遺臣**』
権を失った大老酒井忠清の罠が加賀を追いつめる。

2014年12月講談社文庫

第五巻『**密約**』
寛永寺整備のお手伝い普請の行方に、留守居役らの暗闘激化。

2015年6月講談社文庫

第六巻『**使者**』
藩主の継室探し。難題抱え、数馬は会津保科家へ！

2015年12月講談社文庫

第七巻『**貸借**』
会津に貸しをつくり、新たな役目をおびた数馬は吉原の宴席へ。

2016年6月講談社文庫

第八巻『**参勤**』
藩主綱紀のお国入り。道中交渉役の数馬に思わぬ難題が！

2016年12月講談社文庫

〈以下続刊〉

上田秀人作品◆講談社

奥《おく》右《ゆう》筆《ひつ》秘帳 シリーズ

「筆」の力と「剣」の力で、幕政の闇に立ち向かう
圧倒的人気シリーズ！

江戸城の書類作成にかかわる奥右筆組頭《おくゆうひつくみがしら》の立花併右衛門《たちばなへいえもん》は、幕政の闇にふれる。帰路、命を狙われた併右衛門は隣家の次男、柊衛悟《ひいらぎえいご》を護衛役に雇う。松平定信《まつだいらさだのぶ》、将軍家斉《いえなり》の父・一橋治済《ひとつばしはるさだ》の権をめぐる争い、甲賀《こうが》、伊賀《いが》、お庭番の暗闘に、併右衛門と衛悟は巻き込まれていく。「この時代小説がすごい！」（宝島社刊）でも二度にわたり第一位を獲得したシリーズ！

第一巻『密封』2007年9月　講談社文庫

上田秀人作品◆講談社

第一巻
『密封』
2007年9月
講談社文庫

第二巻
『国禁《こっきん》』
2008年5月
講談社文庫

第三巻
『侵蝕《しんしょく》』
2008年12月
講談社文庫

第四巻
『継承』
2009年6月
講談社文庫

第五巻
『簒奪《さんだつ》』
2009年2月
講談社文庫

第六巻
『秘闘』
2010年6月
講談社文庫

第七巻
『隠密』
2010年12月
講談社文庫

第八巻
『刃傷』
2011年6月
講談社文庫

第九巻
『召抱《めしかかえ》』
2011年12月
講談社文庫

第十巻
『墨痕《ぼっこん》』
2012年6月
講談社文庫

第十一巻
『天下』
2012年12月
講談社文庫

第十二巻
『決戦』
2013年6月
講談社文庫

〈全十二巻完結〉

前夜 奥右筆外伝 （近刊）

併右衛門、衛悟、瑞紀《みずき》をはじめ
宿敵となる冥府防人《めいふさきもり》らそれぞれの
「前夜」を描く上田作品初の外伝！

2016年4月
講談社文庫

上田秀人作品◆講談社

梟《ふくろう》の系譜 宇喜多四代

戦国の世を生き残れ！
梟雄と呼ばれた宇喜多秀家の真実

織田、毛利、尼子《あまこ》と強大な敵に囲まれた備前に生まれ、勇猛で鳴らした祖父能家《よしいえ》を裏切りで失い、父と放浪の身となった直家《なおいえ》は、宇喜多《うきた》の名声を取り戻せるか？

『梟の系譜』2012年11月　講談社単行本
2015年11月　講談社文庫

軍師の挑戦 上田秀人初期作品集

斬新な試みに注目せよ。
上田作品のルーツがここに！

デビュー作「身代わり吉右衛門」（「逃げた浪士」に改題）をふくむ、戦国から幕末まで、歴史の謎に果敢に挑んだ八作。上田作品の源泉をたどる胸躍る作品群！

『軍師の挑戦』2012年4月　講談社文庫

講談社文庫　目録

魚住直子　未・フレンズ
魚住直子　ピンクの神様
植松晃士　おブスの言い訳
内田也哉子　ペーパームービー
上田秀人　密封〈奥右筆秘帳〉
上田秀人　国禁〈奥右筆秘帳〉
上田秀人　侵蝕〈奥右筆秘帳〉
上田秀人　継承〈奥右筆秘帳〉
上田秀人　簒《さん》奪〈奥右筆秘帳〉
上田秀人　秘闘〈奥右筆秘帳〉
上田秀人　隠密〈奥右筆秘帳〉
上田秀人　刃傷〈奥右筆秘帳〉
上田秀人　召《めし》抱《かかえ》〈奥右筆秘帳〉
上田秀人　墨《ぼっ》痕《こん》〈奥右筆秘帳〉
上田秀人　天下〈奥右筆秘帳〉
上田秀人　決戦〈奥右筆秘帳〉
上田秀人　前夜〈奥右筆外伝〉
上田秀人　軍師の挑戦〈上田秀人初期作品集〉
上田秀人　天主信長〈表〉〈我こそ天下なり〉

上田秀人　天主信長〈裏〉〈天を望むなかれ〉
上田秀人　波乱〈百万石の留守居役㈠〉
上田秀人　思惑〈百万石の留守居役㈡〉
上田秀人　新参〈百万石の留守居役㈢〉
上田秀人　遺臣〈百万石の留守居役㈣〉
上田秀人　密約〈百万石の留守居役㈤〉
上田秀人　使者〈百万石の留守居役㈥〉
上田秀人　貸借〈百万石の留守居役㈦〉
上田秀人　参勤〈百万石の留守居役㈧〉
上田秀人　梟《ふくろう》の系譜〈宇喜多四代〉
内田　樹　下流志向〈学ばない子どもたち　働かない若者たち〉
内田　樹　釈　徹宗　現代霊性論
上橋菜穂子　獣の奏者〈Ⅰ闘蛇編〉
上橋菜穂子　獣の奏者〈Ⅱ王獣編〉
上橋菜穂子　獣の奏者〈Ⅲ探求編〉
上橋菜穂子　獣の奏者〈Ⅳ完結編〉
上橋菜穂子　獣の奏者〈外伝　刹那〉
上橋菜穂子　物語ること、生きること
上橋菜穂子 原作　武本糸会 漫画　コミック　獣の奏者Ⅰ

上橋菜穂子 原作　武本糸会 漫画　コミック　獣の奏者Ⅱ
上橋菜穂子 原作　武本糸会 漫画　コミック　獣の奏者Ⅲ
上橋菜穂子 原作　武本糸会 漫画　コミック　獣の奏者Ⅳ
上田紀行　ダライ・ラマとの対話
上田紀行　スリランカの悪魔祓い
ヴァシィ章絵　ワーホリ任侠伝
内澤旬子　おやじがき〈絶滅危惧種中年男性図鑑〉
we are 宇宙兄弟！編　宇宙小説
嬉野　君　妖怪極楽
嬉野　君　黒猫邸の晩餐会
上野　誠　天平グレート・ジャーニー〈遣唐使・平群広成の数奇な冒険〉
うかみ綾乃　永遠に、私を閉じこめて
遠藤周作　ユーモア小説集
遠藤周作　ぐうたら人間学
遠藤周作　聖書のなかの女性たち
遠藤周作　さらば、夏の光よ
遠藤周作　最後の殉教者
遠藤周作　反逆(上)(下)
遠藤周作　ひとりを愛し続ける本

遠藤周作　深い河《ディープ・リバー》
遠藤周作　周作塾〈読んでもタメにならないエッセイ〉
遠藤周作　『深い河』創作日記
遠藤周作　新装版 海と毒薬
遠藤周作　新装版 わたしが・棄てた・女
永六輔 矢崎泰久　バカまるだし
永六輔 矢崎泰久　ふたりの品格
永六輔 矢崎泰久　ははははハハハ
江波戸哲夫　小説盛田昭夫学校(上)(下)
江波戸哲夫　ジャパン・プライド
衿野未矢　依存症の女たち
衿野未矢　依存症の男と女たち
衿野未矢　依存症がとまらない
衿野未矢　「男運の悪い」女たち
衿野未矢　男運を上げる15歳ヨリウエ男〈悩める女の厄落とし〉
衿野未矢　恋は強気な方が勝つ!
江上剛　頭取無惨
江上剛　不当買収
江上剛　小説 金融庁

江上剛　絆
江上剛　再起
江上剛　企業戦士
江上剛　リベンジ・ホテル
江上剛　起死回生
江上剛　瓦礫の中のレストラン
江上剛　非情銀行
江上剛　東京タワーが見えますか。
江上剛　慟哭の家
江上剛　家電の神様
江國香織　真昼なのに昏《くら》い部屋
R・アンダーソン 江國香織訳 荒井良二画　レターズ・フロム・ヘヴン
江國香織・文 松尾たいこ・絵　ふりむく
M・モーリス 江國香織訳 宇野亜喜良絵　青い鳥
江國香織他　彼の女たち
遠藤武文　プリズン・トリック
遠藤武文　トリック・シアター
遠藤武文　パワードスーツ
遠藤武文　原調

円城塔　道化師の蝶
大江健三郎　新しい人よ眼ざめよ
大江健三郎　宙返り(上)(下)
大江健三郎　取り替え子《チェンジリング》
大江健三郎　鎖国してはならない
大江健三郎　言い難き嘆きもて
大江健三郎　憂い顔の童子
大江健三郎　河馬に噛まれる
大江健三郎　M/Tと森のフシギの物語
大江健三郎　キルプの軍団
大江健三郎　治療塔
大江健三郎　治療塔惑星
大江健三郎　さようなら、私の本よ!
大江健三郎　水死
大江健三郎　晩年様式集《イン・レイト・スタイル》
大江健三郎・文 大江ゆかり・画　恢復する家族
大江健三郎・文 大江ゆかり・画　ゆるやかな絆
小田実　何でも見てやろう
大橋歩　おしゃれする

大石邦子　この生命ある限り
沖　守弘　マザー・テレサ〈あふれる愛〉
岡嶋二人　七年目の脅迫状
岡嶋二人　あした天気にしておくれ
岡嶋二人　開けっぱなしの密室
岡嶋二人　とってもカルディア
岡嶋二人　ビッグゲーム
岡嶋二人　ちょっと探偵してみませんか
岡嶋二人　記録された殺人
岡嶋二人　ツァラトゥストラの翼〈スーパー・ゲーム・ブック〉
岡嶋二人　そして扉が閉ざされた
岡嶋二人　どんなに上手に隠れても
岡嶋二人　タイトルマッチ
岡嶋二人　解決まではあと6人〈5W1H殺人事件〉
岡嶋二人　なんでも屋大蔵でございます
岡嶋二人　眠れぬ夜の殺人
岡嶋二人　珊瑚色ラプソディ
岡嶋二人　クリスマス・イヴ
岡嶋二人　七日間の身代金

岡嶋二人　眠れぬ夜の報復
岡嶋二人　ダブルダウン
岡嶋二人　殺人者志願
岡嶋二人　コンピュータの熱い罠《わな》
岡嶋二人　殺人！　ザ・東京ドーム
岡嶋二人　99％の誘拐
岡嶋二人　クラインの壺
岡嶋二人　ダブル・プロット
岡嶋二人　増補版 三度目ならばABC
岡嶋二人　新装版 焦茶色のパステル
岡嶋二人　チョコレートゲーム 新装版
太田蘭三　密殺源流
太田蘭三　殺人雪稜
太田蘭三　失跡渓谷
太田蘭三　仮面の殺意
太田蘭三　被害者の刻印
太田蘭三　遭難渓流
太田蘭三　遍路殺《ころ》がし
太田蘭三　奥多摩殺人渓谷

太田蘭三　白の処刑
太田蘭三　闇の検事
太田蘭三　殺意の北八ヶ岳
太田蘭三　高嶺の花殺人事件
太田蘭三　待てば海路の殺しあり
太田蘭三　殺人猟域〈警視庁北多摩署特捜本部〉
太田蘭三　夜叉神峠死の起点〈警視庁北多摩署特捜本部〉
太田蘭三　箱根路、殺し連れ〈警視庁北多摩署特捜本部〉
太田蘭三　首輪〈警視庁北多摩署特捜本部〉
太田蘭三　殺人熊〈警視庁北多摩署特捜本部〉
太田蘭三　殺《さっ》・風《ぷう》景《けい》〈警視庁北多摩署特捜本部〉
太田蘭三　殺人理想郷〈警視庁北多摩署特捜本部〉
太田蘭三　虫も殺さぬ〈警視庁北多摩署特捜本部〉
太田蘭三　口唇紋〈警視庁北多摩署特捜本部〉
大前研一　企業参謀 正・続
大前研一　やりたいことは全部やれ！
大前研一　考える技術
大沢在昌　野獣駆けろ
大沢在昌　死ぬより簡単

講談社文庫　目録

折原　一　蜃気楼の殺人
折原　一　叔母殺人事件〈偽りの館〉
折原　一　叔父殺人事件〈グッドバイ〉
折原　一　天井裏の散歩者〈幸福荘殺人日記①〉
折原　一　天井裏の奇術師〈幸福荘殺人日記②〉
折原　一　タイムカプセル
折原　一　クラスルーム
折原　一　帝王、死すべし
大下英治　一を以って貫く〈人間小沢一郎〉
大橋巨泉　巨泉〈人生の選択〉
大橋巨泉　巨泉流 成功！海外ステイ術
太田忠司　紅《べに》天蛾《すずめ》〈新宿少年探偵団〉
太田忠司　鴇色の仮面〈新宿少年探偵団〉
太田忠司　まぼろし曲馬団〈新宿少年探偵団〉
太田忠司　黄昏《たそがれ》という名の劇場
小川洋子　密やかな結晶
小川洋子　ブラフマンの埋葬
小川洋子　最果てアーケード
小野不由美　月の影　影の海(上)(下)〈十二国記〉

小野不由美　風の海　迷宮の岸〈十二国記〉
小野不由美　東の海神《わだつみ》　西の滄海〈十二国記〉
小野不由美　風の万里　黎明の空(上)(下)〈十二国記〉
小野不由美　図南の翼〈十二国記〉
小野不由美　黄昏の岸　暁の天〈十二国記〉
小野不由美　華胥《かしょ》の幽夢《ゆめ》〈十二国記〉
乙川優三郎　霧の橋
乙川優三郎　喜知次
乙川優三郎　屋《おく》烏《う》
乙川優三郎　蔓の端々
乙川優三郎　夜の小紋
恩田　陸　三月は深き紅の淵を
恩田　陸　麦の海に沈む果実
恩田　陸　黒と茶の幻想(上)(下)
恩田　陸　黄昏の百合の骨
恩田　陸　『恐怖の報酬』日記〈酩酊混乱紀行〉
恩田　陸　きのうの世界(上)(下)
奥田英朗　ウランバーナの森
奥田英朗　最悪

奥田英朗　邪魔(上)(下)
奥田英朗　マドンナ
奥田英朗　ガール
奥田英朗　サウスバウンド
奥田英朗　オリンピックの身代金(上)(下)
乙武洋匡　五体不満足〈完全版〉
乙武洋匡　乙武レポート〈'03版〉
乙武洋匡　だから、僕は学校へ行く！
乙武洋匡　だいじょうぶ3組
大崎善生　聖《さとし》の青春
大崎善生　将棋の子
大崎善生　編集者T君の謎〈将棋業界のゆかいな人びと〉
大崎善生　ユーラシアの双子(上)(下)
押川國秋　十手人
押川國秋　勝山心中
押川國秋　捨て首〈臨時廻り同心日下伊兵衛〉
押川國秋　中山道の雨〈臨時廻り同心日下伊兵衛〉
押川國秋　母の剣法〈臨時廻り同心日下伊兵衛〉
押川國秋　佃の渡し〈臨時廻り同心日下伊兵衛〉

2016年12月15日現在